www.rsk-krimi.de

# *Mord in Wesseling*

Der Universitätsprofessor

ÂF187733

# Rhein-Sieg-Kreis Krimi

# *Mord in Wesseling*

## Der Universitätsprofessor

Der siebte Fall von Kommissarin Thekla Sommer

www.rsk-krimi.de

Bibliografische Information der Deutschen Nationalbibliothek:

Die Deutsche Nationalbibliothek verzeichnet diese Publikation in der Deutschen Nationalbibliografie; detaillierte Daten sind im Internet über

http://dnb.dnb.de

abrufbar

1.Auflage

Erschienen 03/2020

Copyright © 2020 Kersten Wächtler

Coverbild © Mümine Murzoglu

Herstellung und Verlag: BoD – Books on Demand, Norderstedt

ISBN: 9783751902038

Alle Texte, Textteile, Graphiken, Layouts sowie alle sonstigen schöpferischen Teile dieses Werkes sind unter anderem urheberrechtlich geschützt. Das Kopieren, die Digitalisierung, die Farbverfremdung, sowie das Herunterladen z.B. in den Arbeitsspeicher, das Smoothing, die Komprimierung in ein anderes Format und Ähnliches stellen unter anderem eine urheberrechtlich relevante Vervielfältigung dar. Verstöße gegen den urheberrechtlichen Schutz sowie jegliche Bearbeitung der hier erwähnten Schöpferischen Elemente sind nur mit ausdrücklicher vorheriger Zustimmung des Verlags und des Autoren zulässig. Zuwiderhandlungen werden unter anderem strafrechtlich verfolgt!

**Dieses Buch widme ich der Stadt Wesseling und deren Bürgern, für ihr kulturelles, wirtschaftliches und soziales Engagement.**

*Kersten Wächtler*

Alle Personen und Tathergänge sind frei erfunden.

Ähnlichkeiten mit lebenden oder toten Personen sind rein zufällig

Die beiden Autos fuhren, von Köln kommend, über die A555 und nahmen die Ausfahrt Wesseling. Sie fuhren hintereinander in Richtung Krankenhaus dann weiter durch die Tempo-Dreißig-Zone bis zum Anfang der Kölner Straße. Hier, gegenüber dem Café "Mines Spatzentreff", dort wo der Wesselinger Einzelhandel den Beginn der Straßenführung mit etwa einhundert bunten Schirmen verschönert hatte, die zwischen den Häusern in etwa fünf Metern Höhe aufgehangen waren, hielten die Autos an. Aus dem ersten Wagen stiegen ein Personenschützer einer Kölner Sicherheitsfirma. Aus dem zweiten Wagen stieg Herr Konstantin Laurus, Universitätsprofessor und Kommunalpolitiker einer großen deutschen Partei, sowie ein weiterer Personenschützer. Herr Laurus wollte an diesem Tag an der Wesselinger Rheinpromenade, einem wunderbar hergerichteten Platze, der zum Spazieren und Entspannen einlud, eine Rede halten. Es sollte über die wirtschaftliche

Zukunft Wesselings und der geplanten Autobahnbrücke, die eine Verbindung zwischen der A555 zur A59, der Flughafenautobahn, herstellen sollte. Er hatte diesen Ort für seinen Vortrag gewählt, weil er den am unteren Ende der Treppe zur Rheinpromenade, befindlichen "Ein-Mann-Bunker" aus dem zweiten Weltkrieg als Beispiel der Bedeutung Wesselings für den Fortschritt, verwenden wollte. Dieser Bunker der aus Stahlbeton gebaut war, hatte im Jahre 1944 einem Kapitän eines Frachtschiffes bei einem Luftangriff das Leben gerettet.

Die Männer gingen über den Weg einer großen Wiese, die gegenüber dem Café gelegen ist, in Richtung Rheinpromenade. Als sie die Stufen nach unten hinter sich gelassen hatten, bestieg Konstantin Laurus ein Podest, das fleißige Helfer seiner Partei eigens für diese Rede gefertigt hatten. Links und rechts neben ihm, postierte sich jeweils einer der Personenschützer. Diese hatte er engagiert, weil er vermutlich von Gegnern seiner kommunalpolitischen Vorstellungen, Drohmails erhalten hatte. Es hatten sich ungefähr einhundertzwanzig Leute versammelt, die der Rede des Politikers zuhören wollten.

Herr Laurus begann seine Rede damit, dass er den Einmannbunker, der neben dem Podest als Denkmal stand, würdigt und welch' historische Bedeutung für Wesseling, damit einherging.

Gerade noch diesen Satz ausgesprochen, sackte plötzlich der dicht rechts hinter ihm stehende Personenschützer sowie Chef der Sicherheitsfirma, Jens Bolte, von einer Kugel mitten in die Stirn getroffen, zusammen. Sofort brach tumultartige Panik aus. Die zweite Schutzperson, Ralf Kolping, warf sich auf den Auftraggeber und ging mit ihm zu Boden. Dass sich Konstantin Laurus dabei einen Finger verstauchte, war unerheblich. Kolping musste Leben retten, wobei er aber auch seine Eigensicherung nicht außer Acht lassen durfte. Aus den Augenwinkeln heraus sah er, dass sich sein Chef nicht mehr rührte. Er sah sich um. Die meisten der Zuhörer waren davongelaufen, einige hatten sich auf den Boden geworfen. Man hatte keinen Schuss gehört und so überlegte Kolping, ob der Schuss von einem der Zuhörer mit einer Faustfeuerwaffe und Schalldämpfer abgefeuert wurde oder ob vom anderen Rheinufer jemand mit einem Präzisionsgewehr und Zielfernrohr geschossen hatte.

Ersteres schien nicht im Bereich des Möglichen, da sich der Täter sofort verraten hätte und ein Zugriff anderer Zuhörer möglich gewesen wäre. Also suchte er mit konzentriertem Blick das gegenüber liegende Lülsdorfer Rheinufer nach einem Schützen ab. Da der Rhein bei normalem Pegelstand hier eine Breite von etwa dreihundertfünfzig Metern hat, war natürlich mit bloßem Auge nicht viel zu erkennen.

Die von verschiedenen Zuhörern der Rede verständigte Polizei, traf mit fünf Streifenwagen ein. Sie sperrten das Gelände rund um den Tatort weiträumig mit rot-weißem Flatterband ab. Auch verständigte man die Kollegen in Niederkassel, die daraufhin ebenfalls das Rheinufer rund um die Anlegestelle der Personenfähre, sehr weiträumig absperrten. Der gerufene Notarzt des Krankenhauses in Wesseling konnte unterdessen nur noch den Tod des Personenschützers feststellen. Der Universitätsprofessor bekam eine Beruhigungsspritze. Die Investition in die beiden Personenschützer hatte sich also doch gelohnt. Auch wenn bedauerlicherweise nun ein anderer, mit weit aufgerissenen Augen auf dem Boden lag, hatte dieser Anschlag doch ihm gegolten, so glaubte er.

\*

10

Thekla Sommer, Kriminalkommissarin und Leiterin der Dienstgruppe II, Kreispolizeidienststelle Siegburg, stand neben ihrem Kollegen und gleichzeitig Lebensgefährten, Robert Hanf im Schießstand des Präsidiums auf der Frankfurter Straße. Sie war mit ihrer Treffergenauigkeit zufrieden. Klar, - es gab Kollegen die noch eine ruhigere Hand hatten und zielgenauer trafen, aber Thekla hatte nicht den Ehrgeiz, einen Streichholzkopf auf zwanzig Meter Entfernung abzuschießen. Sie war lieber darauf aus, jemanden im Verteidigungsfall außer Gefecht setzen zu können, sei es nun mit der Dienstwaffe, oder im Nahkampf. Deswegen achtete Thekla sehr auf ihre Fitness und Beweglichkeit. Sie lief fast täglich mindestens fünf Mal hintereinander über den, am Fuße des Michaelsbergs befindlichen Fußweg, was im Gesamten eine Distanz von etwa sechs Kilometern ausmachte. Weiterhin war sie seit einigen Wochen einer Kampfsporttruppe in Siegburg beigetreten, in der sie die Kunst des Kickboxens erlernte. Thekla lud gerade das Magazin der Walther P99 nach, als ihr Handy klingelte. Sie schaute auf das Display und meinte zu Robert:

»Bollenkamp, - der weiß doch, dass wir gerade trainieren. Sie nahm das Gespräch an: »Fred, was kann ich für Dich tun? Wir sind gleich fertig mit unseren vorgeschriebenen Schießübungen«.

Fred Bollenkamp, Leiter der drei Dienstgruppen der Mordkommission wirkte aufgeregt, als er sagte: »Die Trainingseinheit müsst Ihr abbrechen! Wir haben einen Mordanschlag auf einen gewissen Konstantin Laurus, Kommunalpolitiker aus Wesseling, als dieser gerade am Rheinufer eine Rede hielt. Getötet wurde allerdings ein von ihm engagierter Personenschützer. Zwei Teams der Spurensicherung sind bereits unterwegs zum Tatort, da vermutlich der Schuss von der gegenüberliegenden Seite des Rheins, abgegeben wurde. Lisa Drollig und Peter Hanf sind informiert und ebenfalls auf dem Weg ins Präsidium«.

»Wir sind gleich oben im Büro und machen uns fertig«, gab Thekla kurz zur Antwort und zu Robert gewandt, sagte sie »wir haben einen Einsatz«.

Thekla holte alles aus ihrem hellgrünen Twingo raus. Sie liebte diesen kleinen Flitzer und nahm ungern einen Dienstwagen, so wie die Kollegen, die hinter ihr über die

Autobahn fuhren. Zum Glück war die Baustelle auf der
Bonner Nordbrücke letzte Woche beseitigt worden und so
kamen die beiden Wagen, siebzehn Minuten nach
Eingang des Einsatzbefehls, am Tatort an. Als sie an der,
mit bunten Sonnenschirmen, überspannten Straße aus den
Autos ausstiegen, fiel Robert sofort die freundliche
Stimmung der einladenden Idee des Wesselinger
Gewerbevereins auf. Er sah die Mine, Inhaberin des
Eckcafés, die gerade die im Außenbereich des Cafés,
unter den aufgehangenen Schirmen, befindlichen Tische
säuberte. Mit ihrer unverkennbar freundlichen Art lächelte
sie hinüber zu den Kriminalkommissaren und winkte
freundlich.

»Ach schau mal«, sagte Robert zu Thekla, »die
Wesselinger sind aber freundlich. Da kriegt man bestimmt
einen leckeren Kaffee oder Tee und was Schönes zu
Essen«.

»Dass Du aber immer gleich an Essen denken musst.
Wir schauen uns erst einmal den Tatort an und beginnen

mit unseren Ermittlungen. Wenn wir danach etwas Zeit
haben, können wir vielleicht dort hingehen, aber Du hast
recht, es sieht sehr ansprechend aus«.

Die anwesenden uniformierten Kollegen zeigten den Weg zum Tatort.

»Das sieht hier alles sehr schön und gepflegt aus«, sagte Robert, als sie über die große Rasenfläche und dann die Treppe hinunter zu der Rheinterrasse gingen, bis auf die Leiche, die dort in einer großen Blutlache lag. Das erinnert mich nun wirklich daran, warum wir hier sind«.

Die Kollegen der Spurensicherung waren mitten in ihrer akribischen Arbeit. Thekla ließ sich auf den Stand der Dinge bringen. Danach bat sie darum, die Personalien der hier noch, immer noch vor Schreck erstarrten, anwesenden Menschen, zu nehmen. Weiterhin sollten die Handys, mit denen eventuell die Rede des Herrn Laurus aufgezeichnet wurde, ausfindig gemacht werden. Die entsprechenden Personen sollten den Clip der Aufzeichnung, per Mail an das Präsidium unter dem Stichwort "Wesseling", senden. Sie gab die Nummer einem Streifenpolizisten, der sofort zu den wartenden Leuten ging.

»Wo ist denn dieser Kommunalpolitiker? « wollte Thekla wissen.

»Der ist bereits mit dem anderen Personenschützer wieder nach Hause gefahren. Er wollte sich umziehen und danach in die Uniklinik fahren. Er hat heute Nachmittag noch eine Operation durchzuführen. Schließlich ist er ja auch Universitätsprofessor und somit ein gefragter Arzt«.

»Na ja«, meinte Robert, »den werden wir aber heute noch aufsuchen müssen, schließlich geht es hier um versuchten Mord an seiner Person und unglücklicherweise, um die Tötung eines anderen Menschen«.

»Weiß man schon, von wo geschossen wurde? « fragte Thekla.

»Vermutlich von dort drüben«, der Leiter der Spurensicherung zeigte in Richtung des anderen Ufers, an dem das zweite Team der Spurensicherung das Gelände mit Metalldetektoren nach Patronenhülsen absuchte.

»Von dort drüben?« fragte Robert erstaunt, »das sind doch schätzungsweise vierhundert Meter. Da muss man aber schon ein sehr hochwertiges Präzisionsgewehr haben und vor allem muss man auch damit umgehen können«.

»Oder es ist von einem gerade vorbeifahrenden Schiff gefeuert worden«, mischte sich Lisa ein.

»Gar kein so schlechter Gedanke«, meinte Thekla, »ruf doch mal bei den Kollegen von der Wasserschutzpolizei an. Die sollen mal anhand von Satelliten Aufzeichnungen recherchieren, welche Schiffe zu dem Zeitpunkt hier die Stelle passiert haben«.

Lisa nickte und ging etwas abseits, um zu telefonieren.

»Kann man denn schon was zu der Waffe sagen? « fragte Thekla den Leiter der Spusi.

Dieser schaute Thekla an, dann schaute er auf den Toten und meinte: »Das Projektil ist hinten am Kopf wieder ausgetreten. Es kann, wenn es wirklich so ein hochtechnisiertes Gewehr war, irgendwo dort hinten in den Bäumen oder einem der Backsteinhäuser stecken. Es erscheint mir unwahrscheinlich, es zu finden. Genauso unwahrscheinlich ist es, dass die Kollegen am anderen Ufer die Patronenhülse finden, aber wir tun was wir können. Wir werden bis in den späten Abend und auch

Morgen noch suchen. Sobald wir etwas haben, geben wir Dir sofort Bescheid. Ansonsten wird Dir der Bericht der Rechtsmedizin schnellstens zugestellt werden.

»Ich weiß, Kollege, Ihr tut Euer Bestes, aber wir sind ja von Euch, beziehungsweise der ersten Spurenlage abhängig, um genauere Ermittlungen aufzunehmen«.

Der Spusikollege in dem weißen Einweg Overall nickte, drehte sich um und verschwand wieder bei seinen Kollegen.

Am Rande der Rheinterrasse sah Thekla, die immer noch an dem Geschehen interessierten Gegendemonstranten mit ihren beschriebenen weißen Transparenten stehen. Sie waren eine Abordnung der Gegenbewegung zu dem geplanten Brückenbau. Diese Gegenbewegung befürwortete eher eine Untertunnelung und Straßenführung, unter dem Rhein.

»Peter«, sprach sie ihren Kollegen Peter Ludwig an, »schau Dich doch mal bitte bei denen da drüben um und horche nach der Stimmungslage, ach ja und nimm bitte deren Personalien auf«.

»Klar, mach ich«, bestätigte Peter die Anweisung und stapfte los.

»Und wir beide«, sie sah Robert an, »wir fahren zu der Sicherheitsfirma, dessen Chef hier ums Leben gekommen ist. Vielleicht weiß seine Ehefrau noch gar nichts von dem

17

Ereignis. Wir sollten auch prüfen, warum nur zwei Kräfte für einen solchen Einsatz abgestellt wurden«.

Als die Beiden am Twingo ankamen und Thekla einstieg, schaute Robert zu dem Café hinüber.

»Aber, wir wollten doch …«.

»Steig jetzt ein, in das Café wirst Du wahrscheinlich im Zuge unserer Ermittlungen noch kommen«. Thekla startete den Motor und fuhr los, kaum dass Robert die Türe geschlossen hatte.

\*

»Sie haben Ihr Ziel erreicht, das Ziel liegt links«, sagte die männliche Stimme aus dem Navi.

»Hast Du wieder am Navi gespielt? Ich mag doch diese männliche Stimme nicht« frotzelte Robert.

»Und ich mag diese blecherne weibliche Stimme nicht. Außerdem bist Du ja nur neidisch auf diesen, fast erotisch wirkenden, männlichen Klang«.

Robert schaute fragend, mit in Falten gelegter Stirn, hinüber zu Thekla. Dann lachte er und schüttelte den Kopf.

Die Sicherheitsfirma war in einem Haus mit sechs Etagen untergebracht, wobei hier die erste bis zur dritten angemietet waren. Über die an der Türe angebrachte Kamera waren Thekla und Robert an der Anmeldung zu erkennen.

»Guten Tag, Sie wünschen bitte?« kam es aus der Gegensprechanlage.

»Kriminalpolizei Siegburg, Sommer und Hanf«

»Erste Etage, bitte«, der Türöffner wurde betätigt.

Robert steuerte den Aufzug an, doch Thekla war bereits auf den ersten Treppenstufen. Da sie zwei Stufen auf einmal nahm, war sie schon fast oben, als Robert die ersten Stufen betrat.

»Hätten wir eben Kaffee getrunken, wäre ich jetzt auch schneller«, rief er Thekla hinterher.

Diese lächelte nur und betätigte bereits die Klingel an der Etagentüre. Auch dieser Eingang wurde kameraüberwacht aber der Türöffner wurde ohne weitere Fragen betätigt.

»Guten Tag zusammen« die Dame an der Rezeption wirkte adrett und höflich, »Sie kommen sicherlich wegen dem Tod des Herrn Bolte? « fragte sie.

»Sie wissen bereits davon? « fragte Thekla erstaunt.

»Ja, Herr Ralf Kolping unser Mitarbeiter, der Herrn Bolte begleitete, hat uns telefonisch informiert. Einen Moment bitte, ich melde Sie bei Herrn Klaus Bolte, Bruder und Mitinhaber der Firma an«.

Ein frisch gestylter mit Anzughose und weißem offenstehendem Hemd gekleideter Mitdreißiger kam aus einem Büro und begrüßte die Beiden freundlich.

»Was ist denn da genau passiert, wollte er direkt wissen. »Unser langjähriger und erfahrenster Mitarbeiter hat uns gemeldet, dass es bei dem Wachauftrag einen Zwischenfall gegeben hatte und mein Bruder tot sei«.

Robert schilderte den Vorfall in Wesseling. Dann fragte er nach der Ehefrau des Toten.

»Jasmin, die Frau meines Bruders, hat einen Nervenzusammenbruch erlitten, als Sie es erfahren hatte. Sie arbeitet auch hier, in der Buchführung. Nachdem Sie von dem Hausarzt, hier ein paar Häuser weiter, eine

Beruhigungsspritze bekommen hatte, habe ich sie nach Hause gefahren«.

»Sie wirken aber recht entspannt«, meinte Thekla, »geht Ihnen der Tod Ihres Bruders nicht nahe? «

»Gewiss, aber wir leben hier in einer gefährlichen Branche. Sie kennen das doch, bei jedem noch so traurigen Ereignis, das Leben geht weiter und als jetziger Alleininhaber der Firma, muss ich sehen, dass hier alles seinen geordneten Gang geht«.

»Alleininhaber? « fragte Thekla, »und die Witwe? «

»Laut Gesellschaftervertrag waren mein Bruder und ich als Geschäftsführer der GmbH eingetragen«, antwortete Herr Bolte.

»Wieviel Leute haben Sie denn beschäftigt? « fragte Robert.

»Wir haben Kunden im gesamten Rheinland. Zurzeit beträgt unser Mitarbeiterstamm etwa sechshundert Leute, aber das schwankt, je nach Bedarf«.

»Gut, also nochmals mein Beileid. Sollten wir noch Fragen haben, werden wir uns an Sie wenden«. Thekla reichte die Hand zur Verabschiedung.

Kurz bevor die Beiden das Auto erreichten, meinte Robert: »Komischer Kauz, da wird der Bruder erschossen und der macht einen auf cool«.

»Jeder verarbeitet eine Schocknachricht anders. Die Psyche des Menschen ist manchmal unergründlich«, antwortete Thekla schulterzuckend.

»Fahren wir noch bei der Witwe vorbei«, fragte Robert.

»Ich glaube, dass es im Moment ungünstig erscheint. Die Frau muss mit dem Verlust ihres Mannes erst umgehen lernen. Wie gesagt, jeder verarbeitet anders. Außerdem müssen wir uns um den Mordanschlag des Universitätsprofessors kümmern. Der Schütze ist in seinem Umfeld zu suchen. Wir haben sehr viel Arbeit vor uns. Professor und Kommunalpolitiker, da gibt es in beiden Bereichen wahrscheinlich eine Menge Leute, die zu befragen sind. Komm, lass uns bei dem Professor anfangen. Hast Du die Adresse notiert? «

»Köln Marienburg, Kastanienallee Ecke Parkstraße«, meinte Robert, als er in seinem Notizblock nachgeschaut hatte. Nachdem er das Navi bediente fügte er hinzu: »Das ist das Viertel der High Society, ich kenne das, da wohnen nur reiche Leute in ihren Villen«.

»Ruf doch mal an und kündige unseren Besuch an, nicht dass wir jetzt umsonst dorthin fahren«, meinte Thekla, als sie schon den Wagen gestartet hatte und in Richtung A59, nach Köln, fuhr«.

»Laurus«, meldete sich eine Frau, in ruhigem, aber kräftigem Ton.

»Hanf, Kriminalpolizei Siegburg, wir hätten noch einige Fragen an Ihren Mann und sind auf dem Weg zu Ihnen, können Sie ihm ausrichten, dass wir kommen? «

»Guten Tag, Herr Hanf«, machte Luise Laurus, Robert unterschwellig darauf aufmerksam, dass er sich nicht vorgestellt hatte, »es tut mir leid, aber mein Mann ist nicht mehr zu Hause. Er ist in die Klinik gefahren, da er noch eine dringende Operation vorzunehmen hatte«.

»Nach einem Mordanschlag? « wunderte sich Robert.

»Herr Hanf, es gibt Menschen, die haben ihre

Berufung zu ihrem Beruf gemacht. Die Berufung meines Mannes ist es, Menschen zu retten. Da spielen private Befindlichkeiten keine Rolle«.

Robert hatte weder die erste "Belehrung" hinsichtlich der Begrüßung, noch den Hinweis auf die Wichtigkeit des Standes eines Universitätsprofessors, verstanden.

»Dann fahren wir in die Klinik«, meinte Robert etwas irritiert, »wo finden wir Ihren Mann? «

»Herr Hanf, mein Mann wird über Ihr plötzliches Erscheinen nicht erfreut sein, aber gut, fragen Sie in der Uniklinik am Empfang nach meinem Mann. Ich weiß nicht, wo er heute zur OP eingesetzt ist. Machen Sie sich aber auf eine lange Wartezeit gefasst. Mein Mann ist in seiner Arbeit sehr gründlich«.

»Danke«, meinte Robert, der diese Bemerkung auf sich bezogen hatte, »wir auch«.

Robert beendete das Gespräch, ohne sich zu verabschieden. Wieder so eine Unart, die man in seinem sozialen Umfeld und in seinem Beruf nicht an den Tag legen sollte.

»Was meint die denn, wer wir sind? Als wenn wir unsere Arbeit nicht sorgsam und gründlich ausführen würden? «

Thekla schaute erschrocken zu Robert rüber.

»Was ist denn mit Dir passiert? « wollte sie wissen.

»Ach, diese alte Schnepfe«, Robert fuchtelte mit der linken Hand vor seinem Gesicht herum, als wolle er die gemachte Aussage von Frau Laurus, fortwischen.

»Fahr weiter«, brummte er vor sich hin, als er das Navi neu programmierte.

\*

Über eine Stunde warteten die Beiden vor dem Büro des Professors, ehe er in seinem weißen Kittel, schnellen Schrittes herankam. Seine Sekretärin hatte mehrfach nachgefragt, ob sie einen Kaffee bringen dürfte. Robert hätte dem gerne zugestimmt, aber Thekla verneinte ihrerseits immer höflich.

»Herr Laurus, Thekla Sommer und Robert Hanf, Kriminalpolizei Siegburg«, ging Thekla ihm zwei Schritte entgegen, wobei sie ihren Dienstausweis hochhielt, »wir hätten Sie gerne zu dem Mordanschlag von heute Vormittag, befragt«

Konstantin Laurus schaute sich den Dienstausweis ganz genau an. Dann meinte er: »Ich bin viel beschäftigt, kommen Sie mit rein. Ich gebe Ihnen zehn Minuten, dann warten neue Aufgaben auf mich, bitte schön« Er öffnete die Türe zum Vorzimmer seines Büros und sagte zu der Sekretärin, ohne sie anzuschauen, »drei Kaffee bitte, die Herrschaften haben zehn Minuten Zeit, also bitte nicht erst in acht Minuten, sondern sofort«.

Robert und Thekla schauten sich an, hätten sie doch so einen Ton nicht von einem Professor erwartet. Dann schauten sie in Richtung der Sekretärin, die schulterzuckend, den fragenden Blick der Beiden erwiderte. Herr Laurus hatte bereits in seinem großen Büro an seinem Schreibtisch Platz genommen. Er schob den Stapel Eingangspost auf Seite und fragte, »Was kann ich für Sie tun«

»Nun, Herr Professor Laurus, wir sind hier, um etwas für Sie zu tun«, erwiderte Thekla. »schließlich ist ein Mordanschlag auf Sie verübt worden, den wir aufzuklären haben. Weiterhin ist dabei ein Mann ums Leben gekommen, dessen Tod wir aufzuklären haben. Wir ersparen Ihnen, bei allem Respekt eine Vorladung ins

Präsidium, um Ihre Aussage zu machen und erwarten nun ihrerseits ein wenig Entgegenkommen. Da Sie eine wichtige Operation hatten, haben wir über eine Stunde auf Sie gewartet. Sollten Sie aber jetzt für unsere wichtige Arbeit keine Zeit haben, muss ich Sie vorladen lassen«.

Die Miene des Universitätsprofessors wurde ernst. Robert hatte Thekla nur ganz selten mit so klaren Worten ihren Unmut über ein, fast unmenschlich wirkendes Verhalten, ausdrücken gehört. Diesmal hatte es getroffen. Thekla hatte, während ihrer sozialkriminalistischen Fachausbildung gelernt, wie mit Personen, die glauben einen Dünkel haben zu müssen, umzugehen ist.

»Bitte, - wie sind Ihre Fragen? « Herr Laurus lehnte sich in seinem Schreibtischstuhl, der eher einem Relax Sessel ähnelte, zurück und legte seine Hände, gefaltet in seinen Schoß.

Ehe Thekla beginnen konnte, klopfte es an der Türe und die Sekretärin kam mit einem Tablett, drei Tassen, Milch, Zucker und etwas Gebäck, herein. Sie servierte alles vor den entsprechenden Personen und verließ wortlos das Büro. Thekla allerdings waren, von der Seite betrachtet, die verweinten Augen der Frau, aufgefallen.

Hatte die Sekretärin hier immer mit einem so harschen Ton zu tun? Ihre Laune wurde bitterer.

»Haben Sie irgendwelche Feinde oder Drohungen erhalten, welche dem Anschlag zuzuordnen wären? wollte Thekla wissen.

»Nun, als Mann in meiner Position steht man immer einzelnen Personen gegenüber, die mit der Leistung, die man erbringt nicht absolut zufrieden sind. Sei es nun beruflich, wenn eine Operation nicht so verläuft, wie es im Lehrbuch steht, oder sei es als Kommunalpolitiker, wenn man "das große Ganze" im Auge haben muss, sich für Sachen einsetzt und nicht alle Belange des Einzelnen berücksichtigen kann«

»Konkret, Herr Professor Laurus, haben Sie Morddrohungen erhalten«, wollte Thekla wissen.

»Nun, als direkte Morddrohung würde ich das nicht bezeichnen, dann hätte ich es bei der Polizei gemeldet, aber es gab da schon den einen oder anderen Anruf, der unschön abgelaufen war. Es betraf eine Patientin, die nach einer Operation verstorben war. Man warf mir eine Art Ärztepfusch vor und man wolle sich rächen. Diese

Drohung hatte ich aber nicht ernst genommen, obwohl sie aus einer bestimmten Bevölkerungsschicht kam«.

»Und warum dann die Personenschützer heute Vormittag? « wollte Robert wissen.

»Nun ja, ich habe Herrn Jens Bolte, den nun toten Inhaber der Sicherheitsfirma telefonisch darüber informiert, dass sich bei mir Leute gemeldet hatten, die gegen die Untertunnelung des Rheins seien, damit die Autobahn von Brühl zur Flughafenautobahn verlängert wird. Dieses Vorhaben ist bereits seit zwanzig Jahren in der Planung, soll aber nun vorangetrieben werden. Es haben sich verschiedene Lager gebildet, die mit aller Gewalt gegen diese Baumaßnahmen sind. Diesbezüglich hatte ich einen Anruf bekommen, ich solle bloß aufpassen, wenn ich den Fortschritt der Planung, der Öffentlichkeit bekannt geben wolle. Herr Bolte, den ich bereits seit vielen Jahren kenne und den ich zu meinen "guten Bekannten" zähle, riet mir dazu, privaten Personenschutz für diese Veranstaltung zu buchen. Dass es nun ausgerechnet ihn getroffen hatte, ist sehr bedauerlich, aber nun als Tatsache anzusehen«.

Robert hatte alles stichpunktartig mitgeschrieben und nickte als Zeichen, dass er alles notiert hatte.

»Haben Sie denn gar kein Mitgefühl, dass heute ein Bekannter von Ihnen ums Leben gekommen ist? « wollte Thekla wissen.

»Sie als Kommissarin der Mordkommission sollten es doch am besten wissen. Da kommen täglich so viele Menschen ums Leben, sei es durch Mord, Unfälle oder auch bei Operationen, da muss man einen persönlichen Abstand zum Tod erzeugen. Sonst gehen Sie kaputt«.

Thekla verstand, was er meinte. Dennoch fand sie es verwunderlich, wie er mit einer scheinbaren Eiseskälte über den Tod eines nahen Bekannten sprach.

»Geben Sie uns noch bitte die Namen der Personen, die Ihnen Rache wegen des vermeintlichen "Ärztepfusches" angedroht haben. Wir werden unsere Ermittlungen auch in diese Richtung ausdehnen«.

Beim Verlassen des Büros mussten Thekla und Robert wieder durch das Vorzimmer, in der die Sekretärin ihrer Arbeit nachkam. Demonstrativ ließ Thekla die Tür zum Chefbüro offenstehen und sagte mit lauter Stimme:

»Auf Wiedersehen und vielen Dank für Ihre freundliche und liebenswerte Art, Ihren Gästen gegenüber. Manch ein Chef würde Sie mit Kusshand in seiner Nähe sehen wollen«. Dabei zwinkerte sie der Dame zu, die wiederum Theklas Absicht bemerkte und ihr lächelnd zuwinkte.

»Tschüss«, rief sie den beiden nach, bevor sie auf dem Klinikflur verschwanden.

Als sie das Auto erreichten, meinte Thekla:

»So, haben wir doch schon was erreicht. Es war gut, dass wir die ganze Zeit auf Herrn Laurus gewartet hatten. Nun wissen wir wenigstens, wo wir ansetzen können. Fahren wir ins Präsidium? «

Robert nickte und meinte,

»Dann können wir jetzt etwas essen gehen. Wo ist denn die nächste Pommes Bude? «

Dafür erntete er von Thekla einen bösen Blick, denn, seitdem er bei Thekla in Siegburg-Stallberg eingezogen war, gab es für ihn immer mehr "Gesundes" zu essen. Nur manchmal durfte er in Kaldauen bei Fritten Paul vorbeifahren und seine geliebte Currywurst verspeisen.

31

Dann allerdings zelebrierte er das Essen, da Paul, seiner Meinung nach, die beste Currysoße im Großraum Siegburg, zubereitete.

*

Lisa hatte es auf der Wache der Wasserschutzpolizei Köln-Deutz, auf der Alfred-Schütte-Allee, mit sehr netten Kollegen zu tun. Diese freuten sich über den Anblick einer so hübschen Kollegin, die mit ihrer weit geöffneten Bluse und der großen Oberweite, die Aufmerksamkeit der diensttuenden Kollegen, genoss. Gerne kam man der Bitte nach, Schiffsbewegungen im Bereich des Tatortes, in dem angegebenen Zeitraum, zu erkunden.

»Hier sind allerdings nur die Schiffe registriert, die auch ein AIS-System besitzen. Das ist sozusagen das GPS für Schiffe. Kleine, private Boote brauchen so etwas nicht«, sagte ein jüngerer Beamter, der sich weit zu Lisa hinunterbeugte, als er ihr einen Kaffee auf den Tisch hinstellte, an dem sie saß.

»Ich glaube, diese kommen auch nicht in Frage, da ein

gezielter Schuss wahrscheinlich, bei dem Wellengang des Rheins und den Bewegungen eines kleinen Schiffes gar nicht möglich wäre«, lächelte Lisa den Kollegen an.

»Oh, die Kollegin hat Ahnung von der Schifffahrt«, meinte der junge Kollege.

»Nein, eher nicht, aber ich habe Ahnung von Schießübungen bei uns im Präsidium«, konterte Lisa.

Der Kollege, der am Computer recherchierte, meinte: »Hier haben wir zwei in Frage kommende Treffer. Einmal ein Hotelschiff, welches unter Schweitzer Flagge fährt, und die Stelle rheinabwärts befuhr. Ein weiteres Signal stammt von einem Schubverband aus Rotterdam, der, beladen mit Steinkohle, rheinaufwärts fuhr. Ich drucke Ihnen die entsprechenden Daten aus. Weitere Recherche oder Kontrolle muss dann über Euer Kommissariat laufen, da wir hier keinen Ermittlungsansatz haben«.

»Danke sehr für Eure Mithilfe«, Lisa nahm den gefalteten Bericht an sich, stand auf und lächelte provozierend dem jüngeren Kollegen ins Gesicht. Ihr war nicht entgangen, dass dieser ihre Oberweite genauestens im Blick hatte.

»Gerne, immer wieder«, hörte Lisa beim Schließen der Türe.

\*

Auch Peter Ludwig, der Kollege von Thekla, hatte Erfolg bei seiner Recherche nach Handyaufzeichnungen der Rede. Siebzehn Personen hatte er bei der Gruppe an Zuhörern noch antreffen können, die vor und während der kurzen Rede des Herrn Laurus, gefilmt hatten. Bereitwillig übermittelten sie die Aufzeichnungen an die angegebene Mailadresse des Polizeirechners. Bei den Gegendemonstranten der Veranstaltung, stieß er jedoch auf wenig Hilfsbereitschaft. Diese weigerten sich ihre Handys vorzuzeigen oder gar Angaben zur Person zu machen. Kurzerhand rief Peter die uniformierten Kollegen, die immer noch am Tatort waren zu sich und forderte diese auf, die Personen, die sich weigerten Angaben zur Person zu machen, zur Personalienfeststellung kurzzeitig in Beugehaft zu nehmen. Als sich die Streifenbeamten kurzerhand in Stellung gebracht hatten, bekamen diese, nun unaufgefordert, von allen Anwesenden die Personalausweise ausgehändigt.

»Geht doch«, dachte Peter, als er sich wieder in Richtung Tatort begab. »Da gibt es jetzt aber viel auszuwerten. Zum einen die Handyaufnahmen und zum anderen die Überprüfung der Aktivisten«.

Die Leute der Spurensicherung waren mit der Arbeit fertig und die Leiche konnte nun, von den bereits seit längerem wartenden Kollegen, der Rechtsmedizin Köln, abtransportiert werden. Das Projektil, dass den Kopf durchdrungen hatte, war noch nicht gefunden worden und die Aussicht darauf es noch zu finden, war verschwindend gering.

\*

Bei der abendlich stattfindenden Fallbesprechung, die Thekla immer abhielt, um die ermittelnden Kollegen und Kolleginnen stets auf dem aktuellen Ermittlungsstand zu halten, wurden die Fakten, aber auch persönliche Eindrücke der Ermittler, zusammengetragen. Thekla hielt sehr viel davon, auch die Gefühle bei den Vernehmungen mit zur Sprache zu bringen, denn öfters hatte, zumindest bei ihr, das "Bauchgefühl" in die richtige Richtung geführt.

Lisa berichtete von den Ergebnissen bei der Wasserschutzpolizei.

»Also, da waren in dem entsprechenden Zeitraum zwei Schiffe unterwegs. Ein Hotelschiff, rheinabwärts und ein Steinkohle Schubverband, rheinaufwärts. Allerdings glaube ich nicht, dass man bei den Geschwindigkeiten der Schiffe und dem Wellengang, gezielt auf einen Menschen schießen kann«.

»Das glaube ich auch nicht«, meinte Robert, »aber gerade, dass Herr Laurus nicht getroffen wurde, macht die Sache mit den Schiffen gar nicht so uninteressant. Der Schuss verfehlte das Ziel, möglicherweise gerade wegen des Wellengangs«.

»Gute Kombination«, meinte Thekla, und an Sybille Salz gewandt, meinte sie, »Ruf doch bitte bei den Kollegen der Wasserschutzpolizei an und lass ermitteln, wo sich die Schiffe derzeit befinden. Ich werde bei Alfred beantragen, dass die entsprechenden Dienststellen informiert werden und die Kollegen die Schiffe inspizieren. Vielleicht gibt es bei der Personalien Kontrolle irgendwelche Verdachtsmomente, die auf einen Anschlag schließen lassen«.

Thekla griff zum Telefon und verständigte Alfred Bollenkamp über die Sachlage. Dieser reagierte sofort und gab die Freigabe zu den Anfragen bei den Dienstsitz übergreifenden Stellen um Bitte der Ermittlungsunterstützung.

»So, die Sache läuft, was gibt es sonst für Erkenntnisse?« fragte Thekla in die Runde.

»Also, ich hab da noch eine Anmerkung zu den Schiffen«, meinte Peter Ludwig, »wie soll der Schiffsführer wissen, wann genau dieser Kommunalpolitiker seine Rede hält? Das Manövrieren eines Schiffes ist doch eigentlich nur möglich, wenn es vorher irgendwo vor Anker lag und der Kapitän eine zeitgenaue Anweisung erhält, wann die Rede beginnt«.

»Ja genau«, warf Lisa ein, »dann müsste der Kapitän noch einen Komplizen an Land gehabt haben, der ihm per Handy mitteilte, wann Herr Laurus die Bühne betreten hatte«.

»Das ist in der Theorie alles richtig. Wir schauen jetzt erst einmal, was die zur Mithilfe verständigten Kollegen an, oder in den Schiffen ermitteln. So, was gibt es sonst noch? « Thekla schaute in die Runde.

Peter berichtete, dass er insgesamt siebzehn Handyaufnahmen der Veranstaltung gefunden hatte, welche alle auf den Polizeirechner übermittelt wurden.

»Das gibt eine Menge Arbeit, das alles zu sichten. Vielleicht kann ja Sybille dabei helfen? «, fragte er.

»Klar, das mach ich gerne, wenn Thekla damit einverstanden ist«, sagte Sybille, die gerade zur Türe hereinkam und frisch gebrühten Kaffee und Gebäck brachte.

»Endlich was zu essen«, meinte Robert, der als erster Zugriff.

»Sonst noch was? «, sagte Thekla schnell, in Richtung Peter. Es war für sie, als müsse sie sich für Robert "fremdschämen". Es war ihr peinlich, wie er sich benahm. Aber sie liebte ihn nun mal auch mit seinen kleinen Fehlern. Obwohl, für ihn waren es ja keine Fehler. Er benahm sich, wie er in seiner Selbstreflektion wahrnahm, völlig in Ordnung. Es ist so, dass immer andere etwas als Fehler an einem wahrnehmen, wenn ein Verhalten anderer nicht in ihr eigenes Selbstbild passen.

»Von den Personen, die nach der Tat noch anwesend waren, habe ich die Personalien aufnehmen lassen, auch von den Gegendemonstranten, die sich zuerst gesträubt hatten, jedoch mit psychologischem Nachdruck, letztendlich doch bereit waren, ihre Ausweise zu zücken. Auch die Überprüfung dieser Leute wird einige Zeit in Anspruch nehmen«.

»Danke, Peter«, antwortete Thekla, »kannst Du das morgen mit Sybille übernehmen? «

»Klar mach ich«, kam die Antwort von Peter. Auch Sybille nickte als sie Blickkontakt mit Thekla hatte, bevor sie den Besprechungsraum wieder verließ.

»Robert, Du kümmerst Dich um die verschiedenen Bedrohungen des Herrn Laurus, durch die Patienten. Wer könnte einen Anschlag verübt haben? Wem ist diese kriminelle Energie zuzutrauen? Bitte Alibiüberprüfung«.

»Aber, weißt Du wie viele Leute ich da zu überprüfen habe? Hoffentlich kriege ich das alleine in der Kürze der

Zeit hin«, kam Roberts Einwand. Er ermittelte nicht so gerne alleine, da er lieber Thekla als Rückendeckung hatte, genauso, wie er ihr immer Rückendeckung gab.

»Dann nimm Lisa mit«, entgegnete Thekla, »teilt Euch die in Frage kommenden Leute auf«.

Lisa und Robert nickten. Lisa war erfreut, da sie die unkomplizierte Art Roberts mochte, Robert nickte etwas zerknirscht, da er erhofft hatte, dass Thekla ihn begleitete.

»Gut, ich werde mich um die Gegendemonstranten kümmern. Schließlich wurde Herr Laurus auch von dieser Front bedroht«.

Thekla beendete die Besprechung mit den Worten: »Wir sehen uns morgen früh um neun Uhr hier und brechen gemeinsam auf. Vielleicht hat die KTU bis dahin neue Erkenntnisse gewonnen, die wir wissen sollten«.

Jeder ging in sein Büro, um dann in den Feierabend zu verschwinden. Als Lisa an der Türe von Thekla's Büro vorbeiging, rief Thekla: »Lisa, wenn Du Lust hast? ich treffe mich heute Abend mit Sylvia, meiner alten Schulfreundin, um in die Sauna zu gehen. Wie Du weißt, machen wir das hin und wieder. Letztens sagtest Du, Du würdest Dir die Sauna gerne mal anschauen. Hast Du Zeit heute Abend? «

Lisa freute sich sehr, hatte sie doch von Thekla erfahren, dass sich Sylvia nach einer kurzen Ehe, als lesbisch geoutet hatte. Da Lisa von beiderlei Geschlecht angetan war, wollte sie nun Thekla's Freundin kennenlernen. Sie liebte Saunagänge, nur alleine fand sie es immer etwas langweilig.

»Klar hab ich Zeit«, strahlte Lisa, »wann geht's los? «

»Robert und ich fahren jetzt nach Hause. Dort ziehe ich mich schnell um, packe meine Tasche zusammen und dann kann ich Dich auf dem Weg nach Bonn, gerne bei Dir in der Wohnung abholen. Siegburg-Zange ist ja auf dem Weg«.

»Toll, so machen wir das. Aber eine Frage hab ich noch, kommt Robert auch mit? Ich hätte eigentlich nicht so gerne, dass er …«

Thekla schmunzelte, meinte aber: »Robert ist heute Abend mit seinen Jungs zum Skat verabredet, wir sind unter uns. Außerdem ist heute Abend "Frauentag" in der Sauna«.

Erleichtert winkte Lisa in Thekla's Büro. »Also dann bis gleich«.

*

Gegen zwanzig Uhr kamen Thekla und Lisa in Bonn an der Sauna an. Sylvia wartete bereits vor dem Eingang. Die Begrüßung war freudig, wie es so unter alten Freundinnen ist, wenn man sich längere Zeit nicht gesehen hatte.

»Das ist Lisa, eine Kollegin aus meinem Team. Sie wollte gerne Dich und die Sauna kennenlernen, in die wir immer gehen. Außerdem ist es in Gesellschaft schöner, als wenn man niemandem beim Saunagang kennt«.

»Hallo Lisa, ich bin Sylvia«. Freudig streckte Sylvia die Hand aus.

»Na«, meinte Lisa, »dann hoffen wir mal auf einen schönen Abend«.

Lisa genoss die Blicke von Sylvia, als sie unter der Dusche stand. Auch Lisa fand Sylvias Körper schön proportioniert, was Thekla nicht entging. Schmunzelnd meinte Thekla zu Lisa:

»Ja, als wir in Deinem Alter waren, hatten wir auch straffere Körper«.

Lisa lachte: »Erstens liegen gerade mal zehn Jahre zwischen uns und zweitens braucht Ihr Zwei, Euch wirklich nicht zu verstecken«.

Hier machte es sich bezahlt, dass Thekla ihre Joggingrunden um den Michaelsberg drehte und seit einiger Zeit im Kick-Box Verein war. Sie hatte wirklich einen sehr durchtrainierten Körper und auch ihre Oberweite stand, wie die einer Mittzwanzigerin.

Als sie den letzten Saunagang hinter sich hatten, duschten alle drei in der groß angelegten Gemeinschaftsdusche. Lisa genoss dabei die zufälligen Berührungen ihres Körpers, durch Sylvia. Diese wiederum genoss das Abseifen ihres Rückens, durch Lisa. Beim anschließenden Essen eines köstlichen griechischen Salates, nebenan im Restaurant, tauschten die Beiden ihre Telefonnummern aus.

»Es war ein angenehmer Abend«, meinte Sylvia zu Lisa, »war schön Dich kennengelernt zu haben«.

»Genau, dass finde ich auch. Ich rufe Dich demnächst

mal an, vielleicht kann man mal was gemeinsam unternehmen«, meinte Lisa, wobei sie Sylvia zuzwinkerte, was Thekla nicht entging.

Alle umarmten sich zum Abschied und wünschten sich eine gute Heimfahrt.

»Und? « fragte Thekla, die seit bereits zehn Minuten schweigend auf dem Beifahrersitz sitzende Lisa, »wie hat es Dir gefallen? «

Lisa schreckte aus ihren Gedanken hoch.

»Entschuldige, ich war so in Gedanken versunken. Mir hat es sehr gut gefallen. Eine wunderbare Sauna, mit so vielen verschiedenen Angeboten und dem großen Schwimmbad. Auch der Salat hat mir gut geschmeckt«.

»Ich meinte Sylvia«, fragte Thekla nach.

Lisa fühlte sich ertappt. Hatte sie doch ebenso gedankenversunken an Sylvia gedacht.

»Ja, Sylvia ist toll. Ich kann gut verstehen, dass Ihr Zwei so gute Freundinnen seid. So eine Freundin hätte ich auch gerne«.

»Dem steht doch nichts im Wege. Vielleicht entwickelt sich ja auch zwischen Euch eine Freundschaft. Man weiß nie was noch alles kommt«.

Lisa lächelte wieder und träumte weiter.


\*


Als Konstantin Laurus am Abend mit seiner, neun Jahre jüngeren Frau Luise, am gedeckten Tisch saß, um zu Abend zu essen, forderte ihn seine Frau auf:

»Nun erzähl doch mal ausführlich, wie war das denn heute? Hast Du eine Ahnung, wer auf Dich geschossen haben könnte? «

»Ach Luise, das werden die Kommissare schon herausfinden. Das scheint mir eine taffe Kommissarin zu sein, diese Sommer. Die hat sich sogar getraut, mich in die Schranken zu weisen und das in meiner Klinik. Wenn sie ihren Job so gut macht, wie sie sich heute bei mir präsentiert hat, wird es bis zur Festnahme nicht lange dauern«.

»Hast Du denn entscheidende Hinweise geben können?« fragte die Ehefrau, ihren Mann ängstlich anschauend.

»Ach weißt Du, ich habe ehrlich gesagt nicht den leisesten Schimmer, wer das gewesen sein könnte. Ich habe den Polizeibeamten von den erbosten Patienten und deren Angehörigen erzählt und von den Demonstranten, die gegen eine Autobahnbrücke bei Wesseling sind. Weiter möchte ich mich auch gedanklich nicht damit beschäftigen«.

Konstantin hatte bereits zu Ende gegessen. Er stand auf und meinte:

»Ich ziehe mich jetzt zurück. Morgen steht eine schwierige Operation an, auf die ich mich noch vorbereiten muss. Außerdem will ich mir noch einmal die Pläne der Aktivisten, für eine Untertunnelung des Rheins ansehen. Ich muss mir vielleicht in meiner Argumentation gegen diese gewünschte Untertunnelung, neue Strategien ausdenken. Wenn Du gleich ins Bett gehst, schalte die Alarmanlage scharf. Es kann sein, dass ich heute im Arbeitszimmer schlafe«.

Konstantin gab seiner noch sitzenden Frau einen Kuss auf die Stirn.

»Schade, dass heute der Personenschützer sterben musste«, dachte Luise Laurus, als sie zu Bett ging und das Licht löschte.

\*

Thekla hatte schlecht geschlafen. Als sie recht spät in ihrem Bett zur Ruhe kam und sie endlich in das Land der Träume glitt, wurde sie wieder wach, als Robert mitten in der Nacht von seinem "Männerabend" nach Hause kam. Er hatte anscheinend viel Bier getrunken, denn er roch wie eine Abfüllanlage in einer Brauerei. Dass er sich zu Thekla ins Bett legte, sah diese es als Zumutung an. Sie bat ihn inständig, sich in Davids ehemaligem Kinderzimmer, das nun als Büro genutzt wurde, auf das ausziehbare Sofa zu legen. Anscheinend durch diese Störung irritiert, träumte Thekla davon, dass sie wahrscheinlich in der Rolle eines Mannes, ihre Freundin Sylvia und Lisa Drollig, die beide in weißen

Brautkleidern vor einem Traualtar warteten, heiraten würde. Sie bejahte in beiden Fällen die Frage nach dem freien Willen und "bis dass der Tod Euch scheidet". Anschließend wurde sie von allen in der Kirche sitzenden Frauen, die eben noch in der Bonner Sauna mit den Dreien gesessen hatten, ausgelacht. Völlig irritiert wachte Thekla auf, da der Wecker klingelte. Hatte sie im Traum das Klingeln mit dem Gelächter gleichgesetzt?

\*

Im Präsidium angekommen, wurde sie von Alfred Bollenkamp darüber informiert, dass die Kollegen der Spurensicherung, die noch in der Nacht unter Ausleuchtung des Rheinufers, auf der Lülsdorfer Seite des Rheins, mittels großen Halogenstrahlern, die Hülse eines Scharfschützengewehres gefunden hatten. Es handelte sich um das Kaliber 7.92, das meistens von einem G-43 Selbstladegewehr abgefeuert wurde. Mit einem solchen Gewehr war es, liegend und mit Zielfernrohr möglich, Ziele in einer Entfernung von bis zu zweitausend Metern zielgenau zu treffen.

»Wenn das so ist, ist das Auffinden des Geschosses wirklich nicht so einfach. Möglicherweise steckt es tatsächlich in einem der umliegenden Häuser der Uferpromenade«, meinte Robert.

»Das stimmt«, meinte Fred, »ich habe bereits den Dienststellen Bescheid gegeben, die uns behilflich waren und die in Frage kommenden Schiffe untersuchen wollten. Die freundliche Unterstützung habe ich abgesagt, da die Hülse gefunden wurde«.

»Ich hätte mich auch wirklich gewundert, wenn ein Mordversuch von einem fahrenden Schiff aus, unternommen worden wäre«, gab Lisa von sich.

»Dass die Hülse gefunden wurde, ändert jedoch nichts daran, die gestern besprochene Vorgehensweise durchzuführen. Sybille und Peter, bitte die Handyaufzeichnungen auswerten. Vielleicht fällt Euch irgendjemand der anwesenden Zuhörer verdächtig auf, oder Ihr seht sogar, wie der Schuss vom anderen Ufer abgegeben wurde. Lisa und Robert, Ihr fahrt bitte noch einmal zu Professor Laurus und erfragt die Daten derer, die ihn wegen des angeblichen Ärztefehlers, bedroht hatten. Recherchiert bitte die Personalien und ob es

Verdachtsmomente gegen diese Personen gibt. Vielleicht steht ein ungünstiges soziales Umfeld oder sogar bereits ähnliche Vermerke in Polizeiakten. Ich selber mache mich auf die Suche nach den Gegenaktivisten. Dank der bereits aufgenommenen Personalien, werden die Befragungen möglicherweise Hintergründe einer Gewaltbereitschaft erkennen lassen«.

\*

Konstantin Laurus war mitten in seiner Privatsprechstunde damit beschäftigt, Patienten aus den Arabischen Emiraten, mittels Dolmetscher, zu erklären, welche Risiken bei der bevorstehenden Operation einer Patientin, bestehen. Ebenso wies er auf eventuelle konservative Methoden der Behandlung, durch die Uniklinik, hin.

Lisa und Robert klopften an die Türe des Vorzimmersekretariats.

»Ja bitte«, rief die Sekretärin.

Nachdem die beiden Ermittler eingetreten waren, meinte die Sekretärin: »Guten Tag« und an Robert gewandt, »Sie waren doch gestern schon mal hier«.

»Ja, richtig, sie haben aber ein gutes Gedächtnis. Dies hier«, Robert zeigte auf Lisa, »ist meine Kollegin Lisa Drollig. Wir würden gerne Ihrem Chef noch einmal einige Fragen stellen. Ist er da, oder in einer Operation? «

»Er ist zwar da, aber wir haben Privatsprechstunde. Da kommen immer Leute mit sehr viel Geld. Für die nimmt sich Herr Professor immer besonders viel Zeit. Sie verstehen? «

»Wir verstehen«, gab Robert zu, »aber bei Ermittlungen in einem Mordanschlag sehen wir das nicht so eng. Wenn die jetzigen Patienten rauskommen, werden wir zu ihm rein gehen. Sagen Sie uns Bescheid? Wir nehmen solange hier draußen im Flur Platz«. Robert war die großspurige Art des Herrn Laurus leid, die er gestern an den Tag gelegt hatte. Thekla's bestimmende Art hatte gestern zum Erfolg geführt und genauso wollte er es heute ebenfalls machen.

Verwirrt entgegnete die Sekretärin:

»Ähm, natürlich, mögen Sie einen Kaffee oder Tee? «

»Kaffee bitte«, entgegnete Robert kurz, als er nach draußen ging.

»Für mich nichts, danke«, meinte Lisa.

Eine viertel Stunde später ging die Türe auf und der Professor verabschiedete persönlich die Patienten. Er schaute sich auf dem Flur um, ob bereits die nächsten, gut zahlenden Privatpatienten auf ihn warteten. Dabei entdeckte er Robert und Lisa.

»Sie schon wieder? « fragte er genervt.

»Ja genau«, Robert erhob sich und streckte Herrn Laurus die Hand entgegen.

Dieser drehte sich um und ging durchs Vorzimmer in sein dahinter liegendes Büro.

»Kommen Sie zur Sache, ich habe nicht viel Zeit. Gerade ist meine Privatsprechstunde und die zahlenden Patienten sichern mein Einkommen«.

»Nun ja«, meinte Lisa keck, »was nützt Ihnen Ihr Einkommen, wenn beim nächsten Mal der Mordanschlag glückt? «

Erstaunt blickte Robert zu Lisa. Hatte sie von Thekla gelernt, wie man mit kurzen Worten die Ernsthaftigkeit

einer Situation beschreibt? Auch Konstantin Laurus
blickte Lisa in die Augen, als er sich setzte.

»Sie haben ja Recht. Vielleicht ist die Angelegenheit
ernster, als ich annehme. Wie kann ich Ihnen
weiterhelfen? «

»Wir brauchen bitte die Namen, von den Patienten, die
Ihnen in letzter Zeit Beleidigungen oder Drohungen
zukommen ließen. Möglicherweise verbirgt sich dahinter
Aggressionspotential, was der Hintergrund des Anschlags
gewesen sein konnte. Sie verstehen doch bestimmt, dass
wir unsere Arbeit genauso gut durchführen wollen, wie
Sie Ihre Operationen? « Lisa war selber darüber erstaunt,
welche Worte aus ihrem Mund kamen. Aber sie zeigten
Wirkung. Herr Laurus nahm sich die Zeit, seine Mails zu
durchsuchen. Dann gab er bereitwillig Auskünfte über
Namen und Anschriften, von drei Patienten. Laut
Datenschutzgesetz war er dazu nicht berechtigt, aber im
Falle der Bedrohung seines eigenen Lebens, würde er sich
auf den § 34 des StGB, rechtfertigender Notstand,
berufen.

Als Lisa und Robert wieder zum Auto gingen sagte
Robert anerkennend:

»Meine Güte, wie Du erreicht hast, dass der so bereitwillig Auskunft gegeben hat, - alle Achtung«.

Darauf antwortete Lisa, nicht ohne Stolz: »Manchmal kommt man auch leise durch die Hintertüre, ohne gleich mit der Axt die Vordertüre einzuschlagen«.

Darüber musste Robert nun erst einmal nachdenken.


*


»Wir kaufen nichts an der Türe«, meinte Hermine Wittlich, die Eigentümerin des Hauses, an dessen Türe Thekla gerade geklingelt hatte. Sie machte die Türe vor Thekla's Nase zu. Thekla hatte ihren Namen genannt, doch bevor sie ihren Dienstausweis zeigen konnte, reagierte die ältere Dame sehr abrupt. Thekla klingelte ein zweites Mal und hielt ihren Dienstausweis nun allerdings dicht vor die Türe. Diese öffnete sich sehr schnell durch einen Mann von etwa fünfundvierzig Jahren.

»Thekla Sommer, Mordkommission Siegburg«, sagte Thekla laut. Ich habe ein paar Fragen. Sind Sie Roland Wittlich? «

»Ja das bin ich, kommen Sie doch bitte rein. Worum geht's denn? Meine Mutter bekommt ständig Angst, wenn eine fremde Frau vor der Türe steht. Sie ist nämlich schon einmal von umherfahrenden Frauen über's Ohr gehauen worden. Die haben ihr damals einen Teppich als richtiges Schnäppchen verkauft. Sie hatten damals auf sofortige Barzahlung gedrängt, da sie dringend zu ihren kranken Kindern zurück müssten, die im Krankenhaus wären. Letztendlich hatte sich der Teppich als billigste synthetische Ware herausgestellt, für den meine Mutter zweitausend Euro bezahlt hatte«.

»Dann ist die Reaktion der Mutter nachvollziehbar. Sie waren doch gestern an der Rheinpromenade, als dort ein Mordanschlag auf den Kommunalpolitiker verübt wurde. Ist Ihnen da etwas aufgefallen, was uns weiterhelfen könnte? «

Der Mann überlegte kurz und meinte dann:

»Nein«.

»Sie waren in einer Gruppe von Demonstranten, gegen die geplante Autobahnbrücke«, meinte Thekla, gibt es in der Gegenbewegung Ihres Erachtens auch Solche, denen ein Anschlag zuzutrauen wäre? «

55

»Na hören Sie mal, wir sind friedliche Bürger hier aus der Region Wesseling und möchten gerne verhindern, dass hier die Gegend noch mehr verschandelt wird durch kommerzielle Ausbeutung der Natur. Wir sind dafür, dass diese unsinnige Autobahnverbindung, wenn überhaupt, unterirdisch gebaut wird. Dafür opfern wir aber doch kein Leben. Wir sind immer für den Dialog mit den machthabenden Parteien, auch mit der Partei, der Herr Konstantin Laurus angehört«.

Thekla verabschiedete sich, um die anderen von der Liste aufzusuchen. Diejenigen, die sie nicht antreffen würde, würde sie schriftlich dazu auffordern, im Polizeipräsidium Siegburg, vorstellig zu werden. Sie musste nun zu einer Familie auf der Kölner Straße. Hier parkte sie den Wagen in der Nähe des Cafés "Mines Spatzentreff". Bevor Thekla zu der angegebenen Adresse, die nur ein paar Meter entfernt war ging, wollte sie noch einmal den Tatort des Geschehens, der sich am Rheinufer befand, begutachten. Manchmal hatte sie so eine Art Eingebung oder "Bauchgefühl", beim Aufsuchen eines Tatortes. Diesmal jedoch deutete sie das Gefühl in ihrem Bauch als Hunger und so beschloss sie, kurz bei "Mine" einzukehren und eine Kleinigkeit zu essen. Sie betrat das Café und war zunächst verwundert. Keine gediegenen Holzstühle oder Tische. Keine pompös aufbereitete Dekoration an den Wänden. Keine aufwändig modellierte Hochglanztheke mit dutzenden Kuchensorten. Mines Café war ein schlicht gehaltener Treffpunkt für Jung und Alt, aller gesellschaftlicher Schichten, Konfessionen und jeglicher Herkunft. Hier war ein Ort, an dem man sich traf, um miteinander zu kommunizieren, Spaß zu haben oder auch in Ruhe seinen Kaffee oder Tee zu genießen. Hier war jeder herzlich willkommen, egal ob man mit Freunden die Köstlichkeiten der warmen Speisen verzehrte und sich anschließend aus der reichhaltigen Getränkekarte, Verschiedenstes aussuchte oder ob man sich an einer Tasse Kaffee mehrere Stunden in der Bücherecke am Kamin gemütlich machte. Hier war ein Treffpunkt zum Austausch von Gedanken oder der reichhaltigen Buchauswahl, von der jeder auch ein Buch

mitnehmen konnte, um es später wiederzubringen. Eben ein Ort, an dem man von überall herkam, um Neuigkeiten auszutauschen, wie der Treffpunkt von Spatzen an einer Futterstelle.

Thekla setzte sich an einen freien Tisch nahe der Bücherecke. Eine Frau saß mit ihrem Säugling etwas abseits und stillte diesen gerade. In der anderen Ecke saßen einige ältere Damen und tauschten sich über die neuesten Wesselinger Geschehnisse aus und mitten im Raum saß Mine, mit einem älteren Herrn, der herzhaft über Mines Witze lachte. Mine schaute zu Thekla, lächelte in ihrer freundlichen Art und kam dann lachend auf Thekla zu.

»Hallo, schön dass Du da bist. Ich habe Dich schon erwartet. Wo hast Du Deinen Mann gelassen? «

Thekla wunderte sich über die persönliche Anrede, da sie das erste Mal hier war und die Frau gar nicht kannte.

»Ähm, - ich hätte gerne einen Kaffee und eine Kleinigkeit zu essen«

Mine lächelte immer noch. Sie winkte zu der Bedienung hinter der kleinen Theke, welche sofort mit der Speisekarte kam.

Thekla wählte einen "Toast Hawaii" und hinterher eine hausgemachte Waffel.

»Wo ist Dein Mann? Kommt der noch? «

»Kennen wir uns? « fragte Thekla verwirrt.

»Nein«, antwortete Mine, aber ich habe Euch gestern auf der gegenüberliegenden Straßenseite gesehen. Dein Mann hat hier rüber geschaut und ich hatte den Eindruck, er wäre gerne hierhin gekommen. Weißt Du, hier ist jeder willkommen, egal ob arm oder reich, egal ob jung oder alt, egal welchen Beruf er ausübt, ob er bei der Müllabfuhr tätig ist oder bei der Polizei.«

Thekla war angenehm überrascht von der sehr offenen und herzlichen Art dieser Frau. Sie vermittelte wirklich das Gefühl eines völlig arglosen Menschen, in dessen Gegenwart man sich einfach wohlfühlen musste.

»Wieso Polizei? « fragte Thekla.

Mine lächelte wieder, wobei sie ihre Zähne zeigte, ohne das Gefühl zu erzeugen, dass sie über Thekla lacht, sondern eher das Gefühl vermittelte, selbst ein lebenslustiger Mensch zu sein.

»Da drüben am Rhein ist doch gestern jemand erschossen worden. Als Du mit Deinem Mann kamst, wurde Euch die Polizeiabsperrung hochgehalten und Ihr wurdet freundlich von den Uniformierten begrüßt. Also könnt Ihr nur von der Polizei sein«.

»Du kannst aber sehr gut beobachten und Rückschlüsse ziehen. Solche Leute wie Dich könnte man bei der Polizei gebrauchen«, meinte Thekla, die selber ein wenig erschrak, als sie merkte, dass sie nun auch auf das "Du" gewechselte hatte, was sie jedoch selber mit einem wohlwollenden Gefühl quittierte.

»Ja, da drüben ist ein Tötungsdelikt geschehen. Kannst Du mir dazu was sagen und woher weißt Du davon? « fragte Thekla neugierig.

Mine lachte, »Wesseling ist ein Dorf«, meinte sie, »wenn hier irgendetwas passiert, was meinst Du wohl, wo man so etwas am schnellsten erzählt? « Mine drehte sich im Café um.

»Na klar«, kam es aus Thekla's Mund, »dort wo sich die Spatzen treffen. – In "Mines Spatzentreff". Darauf hätte ich auch selber kommen können«.

Beide Frauen lachten herzhaft.

Thekla hatte ihren Toast bereits gegessen und bestellte sich nun noch einen Roibuschtee zu ihrer Waffel.

»Aber nun mal ernsthaft«, sagte sie zu Mine, »kannst Du mir was zu der Tat erzählen? «

Mine lächelte und schüttelte den Kopf. »Nein, rein Garnichts. Was hier erzählt wurde sind nur Mutmaßungen und an denen möchte ich mich nicht beteiligen«.

»Auch Kleinigkeiten können durchaus von Belang sein«

»Glaub mir«, sagte Mine nun sehr leise, »ich weiß schon Wichtiges von Gerede zu unterscheiden. Es gibt nichts, was Dir weiterhelfen könnte«

»Was ist denn mit dieser Gruppierung, die sich gegen das Brückenbauprojekt stellt? Kennst Du die? « fragte Thekla nun offen.

»Ach«, entgegnete Mine, »das sind doch alles nur Leute, die sich hier im Umfeld ein Häuschen gebaut oder gekauft hatten, als sie noch bei ROW, oder Shell gearbeitet hatten. Die haben alle Sorge, dass ihre Anwesen an Wert verlieren, wenn der Krach des Autobahnverkehrs in ihren Gärten zu hören sein würde. Meiner Meinung nach ist von diesen Leuten nichts Schlimmes zu erwarten, schon gar kein Tötungsdelikt«.

Thekla zahlte, was sie verzehrt hatte und war sehr überrascht, als sie von Mine hörte: »und bring das nächste Mal Deinen Mann mit«

»Das ist nicht mein Mann, wie kommst Du darauf? «

Mine lachte wieder herzhaft.

»Ich habe Euch Beide gestern da drüben gesehen und nachdem ich Deinem Mann zugewunken hatte, drehte er sich zu Dir um und Ihr wart beide herzerfrischend am Lachen. Dabei tätschelte er Deinen Po. Keine andere Frau ließe sich das gefallen«.

»Es ist mein Lebensgefährte. Er wird sich freuen, wenn er hört, dass wir hier sehr willkommen sind. Bis später mal«. Thekla winkte Mine und der Bedienung im Café zu. Dann ging sie zu ihrem Wagen, stieg aber nicht ein sondern erinnerte sich daran, hier in der Nähe noch einen Aktivisten überprüfen zu wollen. Als sie das kurze Gespräch mit dem Mann jedoch beendet hatte, erinnerte sie sich an Mines Einschätzung, dass es ihrer Meinung nach harmlose Anwohner seien, die um ihren harmonischen Grundbesitz fürchteten.

Thekla stieg in ihren Twingo und startete die Rückfahrt nach Siegburg ins Präsidium.


*


62

Robert und Lisa hatten von dem Professor drei Namen und Adressen, von Leuten die sich in sehr unfreundlicher Weise darüber beschwert hatten, dass bei ihren Operationen ein Ärztefehler aufgetreten sei, erhalten. Sie hatten sich per Mail an den Professor gewandt und ihm Konsequenzen angedroht. Zu diesen drei Namen gehörten: Pierre Boschét, Franzose, wohnhaft in München. Er hatte, nach einer Knieoperation sein linkes Knie nicht mehr bewegen können, da es versteift war. Weiterhin war da: Olliver Poch, vierundsechzig Jahre, wohnhaft in Bonn-Mehlem. Er hatte, nach einer Bandscheiben OP, ein gelähmtes rechtes Bein. Als einzige Frau war genannt worden: Frau Gisela Wacht. Ihr war bei einem Kaiserschnitt mit dem Skalpell, die Gebärmutter beschädigt worden. Das Kind wurde zwar unbeschadet zur Welt gebracht, aber Frau Wacht konnte nun keine Kinder mehr bekommen. Anschließend belagerte der Ehemann mit ungefähr sechzig Männern dieser Großfamilie, die Klinik für mehrere Tage.

»Ich denke, den Herrn Boschét in München sollen die Kollegen dort überprüfen«, meinte Robert, »Das wird Thekla auch so sehen«.

»Und die beiden anderen? « fragte Lisa, »teilen wir uns die auf? «

Robert schüttelte den Kopf.

»In Bonn können wir nachher auf dem Weg zurück ins Präsidium vorbeifahren und Herrn Poch befragen. Was wir aber auch gemeinsam machen sollten, ist die Befragung des Mannes von Frau Wacht. Hier würde ich aber auch gerne noch uniformierte Kollegen der Kölner Wache hinzuziehen. Wer weiß, was uns bei so einer Großfamilie erwartet? Hast Du die Adresse notiert? «

»Ja hier, eine Straße in der Nähe von Chorweiler«

»Informiere bitte die Kölner Kollegen. Wir treffen uns dort mit ihnen, bevor wir die Leute befragen«, meinte Robert.

Zwanzig Minuten später kamen Lisa und Robert am Ziel an. Zwei Streifenwagen warteten dort bereits und man ging mit insgesamt zu sechs Beamten in das angegebene Haus. Leider war die Familie Wacht und auch kein anderer der Großfamilie anwesend. Lisa erfuhr von Nachbarn, dass die Familie zu einer Hochzeitsfeier nach Ungarn gereist sei.

»Die sind schon seit einer Woche weg«, meinte ein Anwohner, »in diesem Land sind ausschweifende Feiern keine Seltenheit«.

»Vielen Dank für die Auskunft«, meinte Lisa, als diese sich auf den Rückweg zu Robert und den anderen machte.

»Dann kann von dieser Seite her kein Anschlag verübt worden sein«, sagte Lisa zu Robert, »Gott sei Dank haben wir keine Eskalation erlebt. Davor hatte ich mich nämlich ein wenig gefürchtet«, gab sie zu.

Robert setzte sein breites Grinsen auf und zog seine Sonnenbrille auf, da die Wolkendecke aufriss und die Sonnenstrahlen ihn blendeten.

»Aber Kleines, - ich bin doch bei Dir«, witzelte Robert mit stolzer Brust.

»Ja eben, ich glaube, dass Deine ungestüme Art es ist, die manchmal Eskalationen hervorbringen können«, retournierte Lisa.

»Abbruch, Jungs«, sagte Robert zu den uniformierten Polizisten der Kölner Wache.

»Und vielen Dank für Eure Unterstützung«, rief Lisa den abziehenden Kollegen nach.

Auf dem Weg nach Bonn hoffte Lisa, dass Sybille und Peter bei der Sichtung der Handyaufnahmen im Präsidium mehr Glück hatten, als die Beiden hier in Köln. Der nachmittägliche Berufsverkehr machte die Fahrt zur Geduldsprobe. Robert hatte sich auf das Navi verlassen und war von Chorweiler über die A1 in Richtung Frechen gefahren. Der Autobahntunnel in Köln-Lövenich war durch einen LKW-Unfall nur einspurig befahrbar, was für einen kilometerlangen Rückstau sorgte. Als der Wagen dann endlich auf der A4 in Richtung zur A565 fuhr, schienen alle Büros in Köln gleichzeitig Feierabend zu machen. Der Verkehr kam nur im Schritttempo voran.

»Das war dann wohl auch nichts. Viel Zeit verschwendet für nichts«, ärgerte sich Robert, als sie in Bonn-Mehlem von den Nachbarn des Herrn Poch erfuhren, dass sich dieser wegen seines steifen Beins, nach der Wirbelsäulen OP, in einer Reha-Maßnahme in den Sana-Kliniken Sommerfeld, im Osten Deutschlands, befände.

Beide machten sich auf den Rückweg ins Siegburger Polizeipräsidium, wo sie schon zu der abendlichen Fallbesprechung erwartet wurden.

Thekla wollte die Besprechung heute Abend zügig beenden, da sie zeitig zum Kick-Box Training auf der Luisenstrasse gehen wollte. Sie hatte sich dort vor einigen Wochen eingetragen und nahm zwei bis drei Mal in der Woche, an dem täglich stattfindenden Training teil. Ihre vor fast einem Jahr bestätigte Berufung zu einer Spezialeinheit des BKA, sowie die stattgefundene Vorauswahl, hatte im Endeffekt ergeben, dass sie unter den letzten fünfzig Personen war, die für diese Einheit in Frage kamen. Aus jedem Bundesland waren zwei Kräfte vorgesehen, die als "Sonderkommission 36", -SK36- den LKA's zur Verfügung gestellt würden, jedoch unter der Federführung des BKA. Thekla war sehr stolz, zu diesem auserwählten Kreis zu gehören. Seitdem sie wusste, zu einem abschließenden zweiwöchigen Abschlusstest eingeladen worden zu sein, forderte sie ihren Körper bis auf das Äußerste. Sie hatte den unbändigen Willen, zu dieser streng geheimen Einheit gehören zu wollen. Außer Robert, ihrem Chef Alfred Bollenkamp, ihrem Vater, Peter Sommer und dem Polizeipräsidenten, sowie den entsprechenden Leuten im LKA und BKA, wusste niemand etwas von dieser Angelegenheit.

*

Umberto Moreno, ein aus Italien stammender und einige Jahre in der französischen Fremdenlegion stationierter Fahrer des schwarzen Lieferwagens, hielt nach der Überquerung der tschechischen Grenze auf dem nächsten Parkplatz an. Zufrieden lächelnd zündete er sich eine selbst gedrehte Zigarette an und holte eine schwarze Tasche unter dem Beifahrersitz hervor. Sein Grinsen wurde breit, als er sich den Inhalt anschaute. Zwanzigtausend Euro gehörten nun ihm. Diese Summe war der Preis, für den man ihn im Darknet, für die Dienste der "Menschenentsorgung", buchen konnte. Er hatte den Ruf, einer der Besten zu sein. Bevor er jedoch seinen Auftrag ausführte, war seine Bedingung, im Vorfeld bezahlt werden zu wollen. Er setzte immer nur einen Schuss mit seinem Präzisionsgewehr, das er in einer doppelten Wandverkleidung auf seiner Ladefläche versteckt hatte, um anschließend sofort den Ort zu verlassen, von wo aus er geschossen hatte. Ob der finale Schuss geglückt war, erfuhr er immer erst, wenn er wieder zu Hause war. Er hoffte, dass auch dieses Mal alles zur

Zufriedenheit des Auftraggebers abgelaufen war, denn er wollte schließlich seinen guten Ruf behalten.

*

Bei der abendlichen Fallbesprechung stellte Thekla resigniert fest, dass sich an diesem Tag keine neuen Erkenntnisse ergeben hatten. Einzig die Sichtung der Handyaufzeichnungen des Veranstaltungsmitschnitts zeigten, dass als der Schuss fiel, ein wirres Durcheinander der Anwesenden herrschte. Im Vorfeld war bei der Auswertung keine Person zu erkennen, die verdächtig erschien. Was allerdings für einen kurzen Moment zu erkennen war, vermutlich von einer Aufnahme die gemacht wurde, als der oder die Handybesitzer bereits auf dem Boden lag, war eine Sequenz, die genauer analysiert wurde. Am anderen Rheinufer stand am Ende eines Parkplatzes durch Bäume halb verdeckt, ein schwarzer Lieferwagen dessen rechte hintere Türe offenstand. Teile des Kennzeichens waren vom Laub der Bäume verdeckt. Bei extremer Vergrößerung waren die Raster der Pixel so groß, dass ein Entziffern des Restbildes nicht möglich war.

»Das ist halt mit einer Handykamera gemacht«, meinte Peter Ludwig, »da ist bei dieser Vergrößerung keine bessere Auflösung möglich«.

»Ist das in der Nähe vom Fundort der Patronenhülse? « wollte Thekla wissen.

»Nach unserer durchgeführten Analyse muss das Fahrzeug etwa drei bis fünf Meter vom Hülsenfundort entfernt gestanden haben«, antwortete Peter.

»Das könnte eine Spur sein. Was sagt die Fahrzeuganalyse aus? « hakte Thekla nach.

»Es könnte sich um einen Ford-Transit oder Mercedes Sprinter, beide älteren Baujahres, handeln. Genaueres lässt sich da wirklich nicht feststellen«.

»Okay Peter, kümmerst Du Dich morgen bitte darum, weiteres zu dieser Spur herauszufiltern? Insbesondere schaust Du bitte danach, ob es im Umfeld der heute bereits überprüften unzufriedenen Patienten von Herrn Laurus, einen Halter dieses Fahrzeugtyps gibt. Sybille kann Dir dabei sicherlich helfen«.

»Sybille ist heute Nachmittag zum Arzt gegangen und hat sich eben krankgemeldet. Sie hat einen Magen-Darm-Virus und möchte uns nicht anstecken« meinte Peter.

»Schade, gerade jetzt in den undurchsichtigen Ermittlungen, aber besser sie bleibt zu Hause, als dass sie hier noch mehrere von uns ansteckt«, bedauerte Thekla. »Dann nimm bitte Lisa noch zu Deiner Unterstützung«.

Thekla schaute in Richtung Lisa, welche bejahend nickte.

»Gut, Robert und ich werden morgen nochmals in die Sicherheitsfirma fahren um die näheren Umstände abzuklären, vor allem, wie es zu dem Auftrag des Personenschutzes kam und ob es irgendwelche sicherheitsrelevanten Verdachtsmomente von Seiten des Personenschützers gab. Vielleicht gab es ja im Vorfeld irgendwelche Beobachtungen, die protokolliert wurden.

Thekla beendete die Besprechung mit den Worten: »Bis morgen früh und bleibt gesund, ich brauche Euch«.

Dann beeilte sich Thekla, zu ihrem Twingo zu kommen und zum Kick-Box-Training zu fahren. Robert nahm die Gelegenheit wahr, mit Peter mitzufahren, der in Richtung Siegburg-Stallberg wohnte.

71

»Was hat Thekla denn noch so Wichtiges zu erledigen, dass Sie Dich noch nicht mal nach Hause fahren kann?« fragte Peter neugierig, nachdem beide im Auto saßen und Peter sich entschlossen hatte, den Kollegen doch schnell bis nach Hause zu fahren.

Robert zuckte mit den Schultern. Er durfte ja nichts von der eventuellen neuen Aufgabe Thekla's, beim BKA erzählen.

»Das weiß ich auch nicht so genau«, flunkerte er, »die trifft sich mit Freundinnen zum Sport. Kennst ja die Frauen. Wenn wir eine dringende Verabredung haben, wird gejammert "bring wenigstens noch den Müll raus", oder "für die Terrasse hast Du nie Zeit, aber für die Kumpels"«.

Peter lächelte. »Brauchst mir nix erzählen. Das kenn' ich alles«.


\*


Als Thekla gegen zweiundzwanzig Uhr nach Hause kam, standen ein paar belegte Schnittchen, liebevoll mit

Mixpickels dekoriert, auf dem Esstisch. Daneben Thekla's Lieblingstasse, die sie letztes Jahr von David geschenkt bekommen hatte und aus der Thekla nur ihren frischgebrühten Kräutertee, den sie sich extra aus Österreich schicken ließ, trank. Robert saß mit seiner X-Box am Fernseher und besiegte gerade einen Zombie.

»Hallo Schatz«, schnell schaltete er die X-Box aus, »Du kommst spät«.

»Hi, ja ich war noch zwei Runden um den Michaelsberg gejoggt«.

»Ich finde Du übertreibst. Erst Training und dann noch Auspauern beim Laufen?«

»Ich geh gerade duschen«, rief sie von der Treppe aus und nahm jeweils zwei Stufen auf einmal. Sie zog die durchgeschwitzten Trainingssachen aus und freute sich auf die heiße Dusche. Als sie sich abgetrocknet hatte und im Jogginganzug nach unten kam, stand der frische Tee bereits bereit.

»Oh, danke, Du bist ein Schatz, aber essen möchte ich nichts mehr«.

»Na dann nicht«, Robert zog den Teller zu sich rüber und verspeiste die Brote.

73

»Übrigens«, sagte er, »Dein Sohn David hat angerufen. Er wollte wissen, wo wir dieses Jahr Urlaub machen und ob er und seine Freundin Jana wieder mitkommen können? «

»Genaues über Urlaub haben wir doch noch gar nicht besprochen, oder? hatten wir nicht mal an den Allgäu gedacht? "Hopfen am See" soll doch so schön sein. Da sind die kristallklaren Seen die aus den Gletschern der österreichischen Alpen gespeist werden. Der Fuggersee und der Hopfensee. Nur wenige Kilometer entfernt ist auch das "Schloss Neuschwanstein". Da wollte ich schon immer mal hin. Was meinst Du? Aber schon wieder mit den Zweien in Urlaub fahren? Da haben wir doch gar nicht die richtige Muße zum Erholen. Oder was meinst Du? «

Robert hatte gar nicht zugehört. Er war in Gedanken beim letzten Urlaub in Norddeich, als David und Jana dort mit dabei waren. Sie hatten sich ein kleines Ferienhaus mit zwei separaten Schlafzimmern in der ersten Etage gemietet und er erinnerte sich gerade grinsend daran, wie er eines Morgens dringend zur Toilette in dem gemeinsam genutzten Badezimmer musste und eilig die Türe aufmachte. Jana hatte sich schon geduscht und stand nun, in der nackten Schönheit, wie Gott sie erschaffen hatte, vor dem Spiegel und föhnte gerade ihr Haar. Erschrocken stand Robert damals vor ihr und meinte »Oh, Entschuldigung«, aber Jana lachte nur und meinte, »Komm ruhig rein, ist doch meine Schuld. Ich hatte vergessen abzuschließen«. Sie föhnte ihre langen blonden Haare weiter, als Robert meinte, »Ich muss nur mal dringend«. Jana hatte zur Toilette gezeigt und sagte, »mich störst Du nicht«. Robert setzte sich auf die Toilette und erledigte sein kleines Geschäft. Dabei betrachtete er Jana, die immer noch nackt und vollkommen unbekümmert dastand und sich föhnte. Im Spiegel erkannte er ihre jugendlichen, erst sechzehn Jahre alten Brüste. Als sich ihre Blicke im Spiegel trafen, blickte er, als sei er ertappt, auf den Boden. Jana errötete etwas und meinte, »Kann ja unter uns bleiben, hier die Begegnung«. Robert hatte nur genickt und gestammelt, »Ja klar, ist mir auch lieber«. Beim Schließen der Badezimmertüre schaute er ihr noch nach. Jana hatte das gemerkt und

schmunzelte immer noch, als sie das Föhnen beendete.

75

»Robert, was meinst Du dazu? «

Robert kam aus seinem Tagtraum zurück.

»Äh, was meinst Du? Ach so, ja Allgäu wäre schön«.

»Aber ohne die Beiden, oder? « meinte Thekla.

»Ja, ja« meinte er, »auch ohne die Beiden«.


\*


Am nächsten Morgen waren Lisa und Peter schon recht früh auf der Dienststelle. Da Sybille Salz wegen ihres Virus einige Tage nicht zum Dienst erscheinen würde, mussten nun die Beiden diese administrative Aufgabe übernehmen, statt im Außendienst zu ermitteln. Es lagen mehrere Dutzend Überprüfungen vor ihnen. Zum einen die der Drohmails, gegen Professor Laurus, zum anderen alle Demonstranten, die gegen die geplante Autobahnbrücke nördlich oder südlich von Wesseling, waren. Die festgestellten Personalien mussten alle einzeln bei den zuständigen Straßenverkehrsämtern in Siegburg, Köln und dem Rhein-Erft-Kreis angerufen werden, um abzufragen, ob ein schwarzer Lieferwagen auf die Personen zugelassen war.

Thekla und Robert fuhren nicht zuerst ins Präsidium, sondern direkt, über die A59 in den rechtsrheinischen Kölner Vorort, in dem das Sicherheitsunternehmen, dessen zweiter Geschäftsführer am Vortag erschossen wurde, seinen Sitz hatte. Hier war wieder das Procedere, wie am Vortag mit der Gegensprechanlage und der Türöffnung durch die freundliche Dame am Empfang, gegeben. Als Lisa und Robert dann vor der Frau an der Rezeption standen, hörten sie aus einem der hinteren Räume lautstarkes Geschrei.

Thekla schaute die Empfangsdame fragend an.

»Das ist der Chef mit seiner Schwägerin, der Witwe von Jens Bolte«, flüsterte sie.

»Melden Sie uns mal bitte an«, meinte Thekla.

Nach einer kurzen telefonischen Anmeldung kam Klaus Bolte, lächelnd und mit ausgestreckter Hand, an die Rezeption.

»Guten Morgen, Sie haben noch einige Fragen? « begrüßte er die Kommissare.

»Ja«, meinte Thekla, »im Rahmen unserer Ermittlungen würden wir gerne wissen, ob es Ihrerseits bei dem Auftrag für den Personenschutz des Herrn Laurus irgendwelche relevanten Erkenntnisse gab, die uns bei dem Tötungsdelikt Ihres Bruders weiterhelfen könnten. Gab es irgendeine besondere Gefahrenlage oder Drohungen gegen Herrn Laurus? «

Klaus Bolte grinste, als er sagte:

»Eigentlich sind doch kriminaltechnische Ermittlungen Sache der Polizei. Wieso sollten wir als Sicherheitsunternehmen unsere Erkenntnisse mit Ihnen teilen? «

Robert platzte der Kragen. Er machte zwei Schritte auf Herrn Bolte zu und blieb dicht vor ihm stehen.

»Hören Sie mal«, nun wurde Robert lauter, »Sie wissen schon, dass Sie hier polizeiliche Ermittlungsarbeit behindern? Wir können auch ganz anders. Wenn wir den Eindruck gewinnen, dass Informationen zurückgehalten werden, können wir auch Ihre Unterlagen beschlagnahmen und durchforsten. Den Beschluss dafür würden wir ganz schnell bekommen. Wir haben im

Gegensatz zu Ihnen, gute Kontakte zur Staatsanwaltsanwaltschaft«.

Das saß! Thekla wusste zwar, dass Robert jetzt geblufft hatte, da es für einen Durchsuchungsbeschluss noch stichhaltigere Bedingungen brauchte, als nur das Zurückhalten von relevanten Informationen, doch sie fand in diesem Fall die ruppige Art Roberts amüsant.

»Nun mal langsam«, meinte Bolte, »das war von mir als Scherz gemeint. Wir haben hinsichtlich der Nachfrage von Herrn Professor Laurus keine Notwendigkeit gesehen, im Vorfeld gesonderte Ermittlungen der Veranstaltungen, einzuleiten. Herr Laurus und mein Bruder kennen sich schon viele Jahre privat. Der Professor hatte meinen Bruder gebeten, die Veranstaltung in Wesseling hinsichtlich von Drohmails, abzusichern. Mein Bruder war dann mit unserem Mitarbeiter, Ralf Kolping, einem langjährigen und zuverlässigen Mann mit Einzelkämpferausbildung, als Begleitpersonen zu der Kundgebung hingefahren. Herr Kolping hat seinen Job wunderbar gemeistert, in Anbetracht dessen, dass es auch ihn, anstelle meines Bruders, hätte treffen können«.

»Kommst Du jetzt endlich wieder? Ich hab nicht den ganzen Tag Lust, mich mit Dir hier auseinander zu setzen«. Laut rufend kam eine Frau aus den hinteren Büros in Richtung Rezeption.

Bolte sagte zu den Beamten: »Darf ich vorstellen? Meine Schwägerin Jasmin Bolte«.

»Guten Tag, Thekla Sommer, Kripo Siegburg. Das hier ist mein Kollege Robert Hanf. Herzliches Beileid. Wir wollen nicht weiter stören und gehen jetzt, aber was haben Sie denn an dringendem Klärungsbedarf? Wir haben sie eben schon sehr laut miteinander diskutieren gehört«.

»Es geht darum«, meinte Herr Bolte, »dass mein Bruder und ich, jeder eine Lebensversicherung abgeschlossen hatten, jeweils über zweihunderttausend Euro. Dieses Geld sollte bei Ableben eines der Gesellschafter ins Unternehmen gesteckt werden, damit dieses weiter bestehen bleiben kann. Die jeweilige Ehefrau sollte mit dem Geld dann in die Firma einsteigen und den Fortbestand sichern. Meine Schwägerin widersetzt sich nun jedoch diesen, leider nicht schriftlich fixierten, Abmachungen und will das Geld nur für sich haben, ohne an die Firma zu denken«.

Robert und Thekla schauten sich an. Beide schienen in diesem Moment an das gleiche zu denken, äußerten aber nichts.

»Na ja, das geht uns nichts an. Ich glaube wir sind jetzt hier fertig«, meinte Thekla, als sie Herrn und Frau Bolte die Hand entgegenstreckte.

Als die Beiden in den Twingo eingestiegen waren, sprach Robert das aus, was beide vor einigen Minuten dachten:

»Zweihunderttausend Euro, da könnte einem in diesem Zusammenhang schon so einiges einfallen«.

Thekla nickte, meinte aber, dass der Anschlag auf Konstantin Laurus nun einer Frau zu relativ viel Geld verholfen habe. Das wäre als ein Begleitumstand der Tat zu werten. Sie startete den Wagen und wollte nun noch einmal zu Frau Laurus nach Köln-Marienburg, um eventuell von ihr zu erfahren, ob ihr noch Verdächtige zu dem Anschlag eingefallen waren.

»Mein Mann ist nicht hier, er ist heute Morgen zu

einem Kongress nach Stuttgart geflogen, wo er als Gastredner eingeladen wurde. Ich erwarte ihn übermorgen Abend zurück«, begrüßte Frau Luise Laurus die Beiden, als sie die Türe geöffnet hatte.

»Guten Tag Frau Laurus, wir freuen uns auch Sie wiederzusehen«, gab Robert, als kleine Retourkutsche zu der, am Vortag, von ihr gemachten Bemerkung, zurück.

»Frau Laurus, wir haben noch einige Fragen zu den Mails, die Ihr Mann von den unzufriedenen Patienten bekommen hat. Dürfen wir reinkommen? «, fragte Thekla.

»Kommen Sie bitte rein. Wie kann ich Ihnen denn da weiterhelfen? «

»Wir möchten gerne die Mails lesen und schauen, ob sich nicht doch versteckte Hinweise auf die Tat herleiten lassen oder sich sogar noch mehr Drohungen im Maileingang befinden? «

»Der Laptop steht im Arbeitszimmer meines Mannes, aber ich weiß nicht, ob meinem Mann gefällt, dass Sie da reinschauen wollen? Außerdem ist es so, dass ich den Rechner ebenfalls benutze und da auch Daten von mir drauf sind. Kommen Sie doch bitte in drei Tagen wieder, dann ist mein Mann aus Stuttgart zurück. Telefonisch möchte er bei dem Kongress nicht gestört werden«.

»Frau Laurus«, sagte Thekla etwas genervt, »es geht hier um ein Tötungsdelikt. Wir haben keine Zeit auf die Befindlichkeiten und Zeitpläne einzugehen, wenn wir in Ermittlungen sind. Also, entweder Sie geben uns den Laptop ihres Mannes und wir dürfen in Ruhe hier bei Ihnen nachsehen, oder aber wir beschlagnahmen das Gerät und nehmen es zur Untersuchung mit ins Präsidium«.

»Aber, ich habe doch gar kein Zugangspasswort«, versuchte Frau Laurus das Vorhaben der Beamten zu unterbinden«.

»Das kriegen unsere IT-Spezialisten schon raus«, meinte Robert, der sich durch die geöffnete Haustüre, vorbei an der Hausbesitzerin, schob.

»Das dürfen Sie doch gar nicht«, echauffierte sich die Hausherrin.

Robert antwortete, jetzt nicht mehr so freundlich: »Frau Laurus, Sie behindern hier gerade

Ermittlungsarbeiten der Polizei. In diesem Fall dürfen wir alles unternehmen, um Verschleierungen zu einem begangenen Verbrechen, zu verhindern. Dazu zählt auch die Beschlagnahmung eines Laptops. Geben Sie uns das Gerät nun mit oder sollen wir mit einem richterlichen Beschluss wiederkommen, dann allerdings mit einem halben Dutzend Kollegen, die mit ihren verschmutzten Schuhen durchs Haus und in jedes Zimmer laufen, um nach eventuellen weiteren Datenträgern zu suchen? «

»Kommen Sie rein«, sagte Frau Laurus, nachdem Sie nachdenklich die weißen Fliesen in der Eingangshalle und den Treppenstufen ins Obergeschoss angeschaut hatte. »Das Arbeitszimmer meines Mannes ist oben. Ich gehe vor«.

Robert hatte mit seiner Aussage wieder etwas erreicht, was kein Richter dieser Welt angeordnet hätte. Dessen war sich Thekla bewusst und sie müsste dringend mit Robert darüber reden, sobald sie wieder auf dem Heimweg wären.

Die Drei gingen ins Obergeschoss und Robert klemmte sich den Laptop unter den Arm.

»Das Kennwort bitte«, meinte Robert.

»Das weiß ich nicht«, entgegnete Frau Laurus.

»Sie haben uns eben erklärt, dass Sie diesen Laptop mit Ihrem Mann gemeinsam nutzen. Also bitte das Kennwort«.

Frau Laurus schaute auf den Boden. Dann flüsterte Sie: »Luisemaus1982«.

Es war ihr peinlich, dass sie ihren Kosenamen und ihr Geburtsjahr genannt hatte, aber ihr Mann hatte diese Kombination gewählt, um sich dieses Passwort leicht zu merken.

»Wenn wir damit fertig sind bringen wir ihn zurück«, Thekla zeigte auf den Laptop.

Frau Luise Laurus nickte. Sie wirkte nun nicht mehr so selbstsicher, wie eben beim Öffnen der Haustüre.


\*


Kurz vor Erreichen des Siegburger Polizeipräsidiums, bat Robert seine Lebenspartnerin darum, schnell einen Schlenker über Siegburg-Kaldauen zu fahren. Er wollte bei Fritten Paul eine Currywurst mit Pommes essen. Paul war bekannt für die gute Qualität seiner Bratwürste, die er sich von einem Händler aus dem Bergischen, täglich frisch anliefern ließ. Außerdem machte Paul seine Currysoße selber, mit Zutaten, die er keinem verriet.

Thekla willigte ein, denn auch sie hatte heute noch nichts gegessen und freute sich auf Pauls Currywurst.

Außerdem, so dachte Thekla, könnten sie Lisa Drollig, der Kollegin, die heute die Recherche nach dem schwarzen Lieferwagen übernommen hatte, zwei von Pauls frittierten Tofurollen mitbringen, die Lisa so gerne als Fleischersatz aß.

\*

Die Abfragen bei den Straßenverkehrsämtern hatten nichts ergeben. Nachdem alle festgestellten Personalien der Veranstaltungszuhörer und die der wenigen Gegendemonstranten, abgeglichen waren, blieb einzig der Hinweis, dass eine Frau vor drei Jahren einen schwarzen Ford Lieferwagen verkauft hatte, an einen kleinen Dachdeckerbetrieb aus Norddeutschland. Neues Analysieren des Sachverhaltes war notwendig geworden.

»Wir haben hier etwas interessantes entdeckt«, meinte Bernhard Weber, der Kollege von den IT-Experten, als er die Türe zu Thekla's Büro öffnete, in dem sich gerade Robert über die reizvolle Lage Wesselings äußerte.

»Wesseling war schon sehr früh eine der ersten Industriestätten im Rheinland. Sehr viele Menschen haben in der Raffinerie und den umliegenden Fabriken fleißig gearbeitet und die Region zu dem großen Wirtschaftsstandort gemacht, der sie heute ist. Die direkte Nähe zum Rhein aber auch, dass man in zehn Minuten auf offenem Feld und Wiesengelände ist, sowie auch schnell im Kölner Grüngürtel mit seinen alten Baumbeständen, das macht Wesseling so interessant. Die Nähe zwischen Arbeit und Wohnort macht Wesseling attraktiv«, referierte er, als die Türe aufging und der Kollege mit seiner Neuigkeit hereinplatzte.

»Wir sind hier, nachdem wir alle Mailprogramme nach Drohungen gegen Herrn Laurus durchsuchen sollten, auf äußerst kriminelle Sachen gestoßen. Schaut Euch dass mal an«.

»Da müssen wir der Dame wohl morgen noch mal einen Besuch abstatten«, meinte Thekla, nachdem sie mit dem Kollegen von der Cyberkriminalität, den entsprechenden sehr gut getarnten und clever versteckten Mailaccount, durchgearbeitet hatte.

\*

Am nächsten Morgen fuhren Thekla, Lisa und Robert, begleitet von einem Streifenwagen, in dem ein uniformierter Kollege und eine uniformierte Kollegin saßen, über die A59 in Richtung Köln. Am Zielort angekommen, stiegen alle aus und gingen zur Haustüre des Anwesens.

Thekla klingelte und Frau Jasmin Bolte, die Witwe des zu Tode gekommenen Personenschützers, öffnete die Haustüre.

»Guten Morgen zusammen. So früh schon unterwegs? Leider habe ich gar keine Zeit für Sie. Der Bestatter wartet auf mich. Ich muss die Beerdigung meines Mannes organisieren«.

»Dürfen wir trotzdem einen Moment reinkommen? « fragte Thekla, »es wird auch bestimmt nicht lange dauern«.

»Wie? Wollen Sie alle Fünf jetzt hier hinein? Auch die uniformierten Polizisten? «

»Die Kollegen sind angehalten, uns zu begleiten und müssten auch mit ins Haus. «

»Meine Güte, was gibt es denn so Dringendes, dass Sie hier unbedingt alle ins Haus müssen? Haben Sie den Schützen erwischt, der meinen Mann versehentlich getroffen hat? «

Nachdem alle im Hausflur standen und die Türe geschlossen wurde, fragte Thekla: »Frau Bolte, wie lange schon geht das Verhältnis zwischen Ihnen und Herrn Konstantin Laurus? «

Die Befragte schien sehr erschrocken und kurz sah es so aus, als würde ihr Röte ins Gesicht schießen.

»Was erlauben Sie sich? Er ist ein langjähriger Freund meines Mannes gewesen, ich kenne ihn von Besuchen in seinem Haus, gemeinsam mit meinem Mann. Wieso unterstellen Sie uns ein Verhältnis? «

»Frau Bolte, wir haben einen Mailverkehr zwischen Ihnen und Herrn Laurus gefunden, in dem sie sich gegenseitig ihre Liebe bezeugten. Ebenso wissen wir, dass Sie sich, laut Mailaufzeichnungen, mehrere Male in Kölner Hotels zum Beischlaf getroffen haben. Wir sind weiterhin darüber informiert, dass Sie, Frau Bolte, sich über das Darknet einen Profikiller suchen wollten, der Ihren Mann umbringen sollte, damit Sie frei wären, sich mit Herrn Laurus zu verbinden. Anscheinend haben Sie diesen Auftragsmörder gefunden, der, so war es der gemeinsam ausgedachte Plan zwischen Ihnen und Herrn Professor Laurus, Ihren Mann an genau dieser organisierten und vorbereiteten Veranstaltung, mit einem gezielten Schuss, töten sollte«.

Jasmin Bolte stand mit aufgerissenen Augen da. Sie musste mehrmals schlucken, die Röte wich aus ihrem Gesicht und wechselte in einen kreidebleichen Teint.

»Frau Bolte«, sagte Thekla in einem sehr ernsten und amtlichen Ton, »ich nehme Sie fest, wegen der gemeinschaftlichen Planung einer schweren Straftat und nach §26StGB, wegen Anstiftung zum Mord. Sie haben das Recht, die Aussage zu verweigern und sich einen

Rechtsbeistand zu nehmen. Alles was Sie jetzt sagen, kann gegen Sie verwendet werden. Wir werden Ihren PC, und Laptop beschlagnahmen und zur Untersuchung auf weitere Hinweise zu den Straftaten, insbesondere zu dem angekündigten Mordauftrag im Darknet, mitnehmen. Herr Laurus wird sich gesondert verantworten müssen. Haben Sie das verstanden? «

Frau Bolte, die nun wie ein Häufchen Elend dastand, nickte.

An die uniformierten Beamten, die sich bereits neben der Beschuldigten postiert hatten, gab Thekla die Anweisung: »Abführen«!

\*

»Dass der Fall eine solche Entwicklung nehmen würde, hätte ich zu Beginn der Ermittlungen nicht gedacht«, meinte Lisa Drollig zu Robert, als die drei Kommissare wieder im Auto saßen und Thekla den Motor startete.

»In der Welt der Kriminalistik ist so ziemlich alles möglich«, entgegnete Robert und an Thekla gewandt fragte er: »Fahren wir jetzt noch in Wesseling bei dem Café "Mines Spatzentreff" vorbei? Ich habe mächtig Hunger«.

Thekla lachte und meinte »Wann hast Du mal keinen Hunger? «

Als sie in Wesseling ankamen und das Café betraten, war die Begrüßung durch Mine, wie immer, sehr herzlich. Sie verbrachten eine schöne Zeit bei Mine.


ENDE

**<u>Leseprobe "Der achte Fall von Thekla Sommer"</u>**

# Rhein-Sieg-Kreis Krimi

# *Mord im Gewerbegebiet*

# *Hennef/Sieg*

*Liebesgeflüster*

Die gerufenen Polizeibeamten kamen nach etwa drei Minuten am Tatort an. Ein Mitarbeiter einer ansässigen Unternehmensberatung hatte beim Abstellen seines Wagens, auf dem Parkstreifen des in Hennef-West gelegenen Gewerbegebiets, eine grausige Entdeckung gemacht, als er auf dem Weg zu seinem, in nächster Nähe gelegenen Arbeitsplatzes, war. Sofort sperrten die Beamten den Straßenbereich großzügig mit rot-weißem Flatterband ab und informierten sofort die Kollegen der Mordkommission. In einem roten Ford-Fiesta, neueren Baujahrs, saß die blutüberströmte Leiche eines Mannes, den sie gut kannten. Es war der Hausmeister ihrer Polizeidienststelle in Hennef. Knut Seins war am heutigen Morgen nicht zu seiner Arbeit erschienen, denn die Papierkörbe in der Dienststelle waren nicht geleert. Die Kaffeemaschine, die Herr Seins morgens immer für die Beamten vorbereitete, war nicht angeschaltet. Nach diesem grauenvollen Fund wussten die Polizisten, warum.

Der Leichnam saß, mit unzähligen Messerstichen im

Brust- und Bauchbereich, am Lenkrad seines PKWs.

Der blutüberströmte Körper bot ein Bild des Schreckens.

Bevor die Beamten irgendetwas anfassen würden, musste

die Spurensicherung und die Mordkommission zum Tatort

gerufen werden.

*

Thekla Sommer, Kommissarin der Mordkommission

im Siegburger Polizeipräsidium und Leiterin der

Dienstgruppe II, sowie ihr Kollege und Lebensgefährte,

Robert Hanf, hatten am frühen Morgen, wie meistens vor

Dienstantritt, ihre Joggingrunden am Fuße des

Michaelberg, absolviert und fuhren gerade in Thekla's

lindgrünem Twingo, zur Dienststelle.

»Hanf«, meldete sich Robert, der das Gespräch

annahm, da Thekla nicht während der Fahrt telefonierte.

»Bollenkamp«, meldete sich Alfred Bollenkamp,

oberster Leiter aller drei in Siegburg untergebrachten

Mordkommissionen. »seid Ihr unterwegs, oder wo steckt Ihr gerade? «

»Wir sind in zwei Minuten im Büro, fahren gerade ins Parkhaus«, gab Robert zurück.

Thekla schloss gerade den Wagen ab, als auch Peter Ludwig und Lisa Drollig, beide auch in Thekla's Team, gerade die Tiefgarage befuhren. Peter hatte Lisa, die vor kurzem eine Wohnung in Siegburg-Zange bezogen hatte, abgeholt. Bollenkamp hatte die Beiden auch schon verständigt, sie mögen so schnell wie möglich ins Präsidium kommen, es gäbe einen neuen Fall.

»Guten Morgen zusammen«, begrüßte Peter seine Chefin und Robert, »was gibt es denn für einen neuen Fall? Ich habe Lisa abgeholt, damit sie schneller hier ist, als mit der Bahn und zu Fuß«.

»Das ist sehr kollegial«, meinte Thekla, »wir wissen auch noch nichts Genaues. Bollenkamp wird es uns bestimmt gleich sagen« Gemeinsam gingen sie die Treppen bis ins zweite Obergeschoss. Seitdem alle wussten, wie Fitness affin Thekla war, traute sich keiner mehr, wenn er sich beobachtet glaubte, den Aufzug zu benutzen.

*

Lisa erschrak und musste erst einmal für einige Sekunden wegschauen. Dann erst schaute sie wieder, genau wie Thekla und die anderen, die blutüberströmte Leiche an.

»Der ist ja regelrecht abgestochen«, meinte Robert.

Der Leiter der Spurensicherung kam hinzu.

»Knut Seins, 44 Jahre, wohnhaft in Hennef-Blankenberg, hier den Ausweis haben wir in seiner Jackentasche gefunden. Wie es aussieht kein Raubmord. Wir haben über zwanzig Messerstiche im Brust- und Bauchbereich. Alle mit starker Gewalt ausgeführt, - dafür spricht die Tiefe der Einstiche«.

»Sieht nach Übertötung aus«, meinte Thekla.

Der Mann im weißen Ganzkörperanzug der Spurensicherung nickte. »Alles Weitere später«, meinte er.

»Wer hat ihn gefunden? « fragte Thekla die uniformierten Kollegen der Hennefer Polizeidienststelle.

»Der Herr dort auf der Bank«, einer der Kollegen zeigte auf einen Mann, der sich etwas abseits auf einer Bank aufhielt und gerade mit seinem Handy telefonierte. »Übrigens kennen wir den Toten«, sagte der Beamte weiter, »er ist seit einigen Jahren Hausmeister bei uns auf der Dienststelle. War immer für ein Späßchen zu haben und immer hilfsbereit«.

»Danke«, sagte Thekla und deutete Robert mit einer Kopfbewegung an, sie zu dem Zeugen zu begleiten.

»Guten Morgen, Kripo Siegburg, Sommer und Hanf. Sie haben den Toten gefunden? «

»Guten Morgen, Siegfried Schmidt, ja, ich war auf dem Weg zur Arbeit. Ich arbeite dort in einer Unternehmensberatung. Ich habe den Mann eben gefunden. Ich wunderte mich beim Vorbeigehen, dass die Beifahrertüre nur angelehnt war. Deshalb schaute ich in den Wagen und sah den Toten«.

»Haben Sie sonst noch was gesehen, dass für uns wichtig sein könnte? « fragte Robert, den scheinbar immer noch unter Schock stehenden Mann.

Dieser schüttelte den Kopf und meinte: »Nein, außer dem Mann und dem Fernglas, das auf dem Beifahrersitz lag, habe ich nichts gesehen«.

Als Robert und Thekla zum Tatort zurückkehrten fragte Thekla einen der Uniformierten: »Habt Ihr ein Fernglas gefunden? «

»Ja, das lag auf dem Beifahrersitz. Das haben die Kollegen von der Spusi«.

»Warum ein Fernglas? « fragte Thekla in Richtung Robert.

»Also, wir haben hier schon mehrmals anonyme Anzeigen erhalten. Hier soll wohl irgendwo auf den öffentlich zugänglichen Grundstücken, nachts, hin und wieder, so eine Art Swingertreff stattfinden. Es sollen verschiedene Pärchen in unterschiedlichen Autos vorfahren und dann miteinander hier in der Öffentlichkeit, Sex haben. Wir haben nie etwas festgestellt. Wenn wir kamen, war immer schon alles vorbei. Einzig einige benutzte Kondome haben wir gefunden«

»Sex in der Öffentlichkeit? « fragte Robert, »was haben die davon? «

»Ich habe davon gelesen, dass das der neue Trend in Großstätten sei, sich beim Sex beobachten zu lassen. Das soll einen besonderen Kick bringen. Das wir so etwas hier im idyllischen Rhein-Sieg-Kreis haben, hätte ich nicht gedacht«, meinte Thekla.

»Vielleicht hat Herr Seins«, der Streifenbeamte zeigte in Richtung des Fiesta, »hiervon gewusst und als Spanner mit dem Fernglas beobachtet? «

»Tja, und dann wird er von den Sextreibenden umgebracht? « fragte Thekla. »Das kann ich mir nicht vorstellen. Die suchen doch den Kick der Spanner«.

\*

Sie fuhren die steilen Kurven von der Siegtalstraße, hinauf nach Blankenberg.

»Bis zur Eingemeindung zur Stadt Hennef, hieß es hier noch "Stadt Blankenberg" Es war bis dato die kleinste Stadt Deutschlands. Von 1245 bis 1805 war Blankenberg eine selbstständige Stadt, zu der die umliegenden Ortschaften gehörten. Im Jahre 1953 wurde aus dem einstigen Namen "Blankenberg", der dann offiziell gültige Name "Stadt Blankenberg«, sagte Robert zu Thekla.

»Woher weißt Du das? « fragte Thekla.

»Ich habe mich mal vor langer Zeit, sehr für Heimatkunde interessiert«, meinte Robert grinsend.

Sie kamen an dem kleinen Reihenhaus am Rande des historischen Stadtkerns an.

»Hier muss es sein«, sagte Thekla, die den Wagen anhielt und ausstieg.

An der offenstehenden Haustüre, die durch eine Wiese im Vorgarten von der Straße abgetrennt war, standen drei Koffer und eine Reisetasche. Eine Frau brachte gerade in Tränen aufgelöst, noch ein paar Ski und einen Volleyball, um sie zu den Koffern zu stellen.

»Frau Seins? « fragte Thekla, als sie das Haus erreichte.

Die Frau blickte die beiden Kommissare an.

»Ja«, antwortete diese.

»Wollen Sie verreisen? « fragte Thekla erstaunt.

»Nein, dass sind die Sachen von meinem Mann, dem Scheißkerl. Ich hab' seine Koffer gepackt, die kann er sich hier abholen, wenn er von dieser Schlampe kommt. In

mein Haus kommt der jedenfalls nicht mehr«.

Frau Seins weinte immer noch und auch ihre Nase lief so sehr, dass Thekla ihr ein Taschentuch reichte.

»Wir sind von der Kriminalpolizei Siegburg«, meinte Thekla.

»Ach«, kam die Antwort von Frau Seins, »hat der nicht nur ein Verhältnis mit der Schlampe? « fragte sie, »hat er jetzt auch noch was ausgefressen? Aber wieso Kripo und wieso Siegburg. Er arbeitet doch in der Dienststelle Hennef, als Hausmeister«.

»Frau Seins, wir müssen Ihnen eine traurige Nachricht bringen«, sagte Robert, der Thekla's mitleidigen Blick sah, »Ihr Mann ist letzte Nacht einem Gewaltverbrechen zum Opfer gefallen«.

Frau Seins hörte augenblicklich auf zu weinen und schaute die Beiden mit weit aufgerissenen Augen an. Sie wurde kreidebleich und sackte in sich zusammen.

Thekla sprang nach vorne und konnte einen Sturz auf die Platten des Weges, der als Weg zur Straße hin durch die angelegte Wiese diente, vermeiden. Frau Seins war ohnmächtig geworden …

# Rhein-Sieg-Kreis Krimi

# *Mord in*

# *Sankt Augustin*

*Fehlerhafte Liebe*

© Kersten Wächtler

# Erstes Kapitel

Die fünfköpfige Siegburger Band, unterstützt von der Sängerin und Songwriterin Carolin Karnath, die heute als Frontfrau von der Band engagiert worden war, spielte bereits seit drei Stunden Lieder aus den achtziger und neunziger Jahren.

Insgesamt vierzehn Monate war dieses Fest bis ins Kleinste geplant worden. Ganz genaue Vorstellungen hatte die fünfunddreißigjährige Monika Jungblut von diesem Tag, bereits seit ihrer Pubertät. Es sollte der, wie es wohl der Wunsch eines jeden Mädchens ist, schönste Tag in ihrem Leben werden. Obwohl sie die eigentliche Hochzeitsplanung einem professionellen Wedding Planer überlassen hatte, waren doch sehr viele Kleinigkeiten im Umfeld, abzuklären.

Die einhundertzwanzig Gäste waren alle mit dem Essen fertig und der feierliche Teil war vor fast einer

Stunde durch den Hochzeitstanz, eröffnet worden.

Monika Jungbluth, die jetzt Monika Kaarst hieß, konnte

vom ausgelassenen Tanzen nicht genug bekommen. Ihr
Mann allerdings, der vierundvierzigjährige Oliver Kaarst,
der vor zwei Jahren unerwartet zwölf Millionen Euro im
Lottojackpot gewonnen hatte, konnte und wollte nicht
mehr auf der Tanzfläche rumhüpfen. Ihm war irgendwie
schlecht geworden und er schwitzte auch in dem, durch
die vielen Menschen aufgeheizten Saal des Schloss
Langenbach, was zu diesem Anlass, am Rande von Sankt
Augustin, angemietet wurde. Die Küche hier war weit
über die Grenzen von Nordrhein-Westfalen bekannt und
so wurde hier manches berauschende Event gegeben.

Oliver Kaarst saß an der Tafel, fast alleine an seinem,
für den Bräutigam, reservierten Platz und schien belustigt
den tanzenden Gästen zuzusehen. Seiner Frau Monika tat
es allerdings leid, dass ihr frisch Angetrauter, diesen
wundervollen Tag nicht genau wie sie, feiern und
genießen konnte. Hatte er sich doch genauso aufgeregt
wie sie und den ganzen Vortag auf die Trauung und die
hoffentlich gelingende Feier, gefreut. Lachend und vom
Alkohol schwankend, kam sie an den Tisch zu ihrem
Schatz.

»Geht es Dir so schlecht?« fragte sie, als sie sich nach unten, zu ihrem auf seinen verschränkten Armen auf dem Tisch liegenden Ehemann, beugte.

Ein lauter, schriller Schrei durchdrang den Festsaal. Die Musik hörte augenblicklich auf zu spielen und alle drehten sich zu der Braut um. Diese hatte ihren Mann, mit weit geöffneten Augen, tot am Tisch sitzend, aufgefunden. Sie war in Anbetracht der schlechten Luft im Saal, ihrem viel zu engen Hochzeitskleid und dem Schock, der ihr gerade widerfahren war, bewusstlos zusammengebrochen. Zum Glück waren unter den Gästen zwei Ärzte. Der eine war Stationsarzt in der Uniklinik Bonn, der andere ein niedergelassener Internist in Sankt Augustin. Beide leisteten sofort erste Hilfe. Die Frau wurde in eine stabile Lage gebracht mit Hochlagerung der Beine. Den Mann versuchte man mit sofortiger Herzdruckmassage, zu reanimieren. Nach vier Minuten war das Notarztteam des nahegelegenen Krankenhauses vor Ort und übernahm mit der entsprechenden technischen Ausstattung die weitere Erstversorgung. Nach etwa zwanzig Minuten wurde allerdings jeder Wiederbelebungsversuch eingestellt. Das Ärzteteam war sich einig. Der Tod war eingetreten.

Frau Kaarst ging es mittlerweile etwas besser, nachdem man ihr das Kleid geöffnet, die Korsage gelockert und eine kreislaufstabilisierende Spritze, gegeben hatte.

Die alarmierte Polizei, der nahegelegenen Wache in Sankt Augustin, war mit drei Mann, einige Minuten nach dem Notarzt vor Ort. Nachdem der Notarzt seine Reanimationsversuche eingestellt hatte, teilte er den Polizisten mit, dass bei Herrn Kaarst wahrscheinlich ein "nicht natürlicher Tod" eingetreten war. Die Polizeibeamten verständigten daraufhin die Kollegen der Mordkommission und die Spurensicherung. Weiterhin wurde auch Verstärkung von der nahegelegenen Wache gerufen, da bei der Masse an Gästen eine Ordnung nur sehr schwer aufrechtzuerhalten war. Schließlich durfte zunächst niemand den Tatort, um den es sich hier handelte, verlassen.

\*

Thekla Sommer hatte es sich, nachdem das Mittagsgeschirr in der Spülmaschine eingeräumt war, in ihrem kleinen Garten des gemieteten Einfamilienreihenhauses, im Siegburger Stadtteil Stallberg, gemütlich gemacht. Sie las gerade die "Autobiografie eines Siegburgers - Im Nebel des Erwachens", als sie im Haus ihr Handy klingeln hörte. »Warum habe ich denn das Ding schon wieder vergessen mit rauszunehmen«, dachte sie, als sie ins Haus lief. Sie erkannte die Nummer von Robert, ihrem Kollegen bei der Siegburger Kriminalpolizei und seit einiger Zeit auch Lebenspartner. Er war nach einem Wasserrohrbruch der Mieter über seiner Wohnung, kurzerhand und kurzzeitig, bei Thekla eingezogen, da das Zimmer von David, ihrem Sohn, sowieso leer stand. Dieser war schon einige Zeit vorher zu seinem Vater gezogen, da er glaubte, als Teenager dort mehr Freiraum zu genießen.

»Ja mein Schatz, was gibt´s? Hast Du die Eintrittskarten vergessen? « Robert war mit seinem Kumpel auf dem Weg zu einem Konzert, dessen Namen sie vergessen hatte.

»Ich wollte Dir nur Bescheid sagen, dass uns auf der Flughafenautobahn, kurz vor der Ausfahrt >Troisdorf< ein Reifen geplatzt ist und Sebastian gerade noch den Wagen abfangen konnte. Er hat zwar die Leitplanke touchiert aber uns ist, außer Blechschaden, nichts passiert«.

»Soll ich Dich abholen?« fragte Thekla aufgeregt.

»Nein, ich wollte Dir nur Bescheid sagen. Mit dem Konzert, das wird nichts mehr. Wir warten auf den ADAC, zum Abschleppen. Kann noch etwas dauern«.

»Danke, dass Du Bescheid gesagt hast. Ich geh dann weiterlesen. Ich bin im Garten«.

Thekla drückte den roten Knopf am Handy und war in Gedanken bei der Autobiografie. Auf der Terrasse angekommen klingelte das Telefon schon wieder.

»Typisch, - der vergisst immer etwas zu sagen«, dachte sie, als sie das Gespräch annahm.

»Was hast Du vergessen? « fragte sie schmunzelnd.

»Wie vergessen? Nichts. Wir haben einen Einsatz«.

Alfred Bollenkamp, der Leiter der Siegburger

Mordkommission und Vorgesetzter von Thekla, schien etwas aufgebracht. »Unklare Todesursache im Schloss Langenbach in Sankt Augustin. Da ist eine riesige Hochzeitsgesellschaft und der Bräutigam ist tot. Es gibt jetzt viel zu tun für Euch. Ich ruf' die anderen aus Deinem Team an. Spurensicherung ist schon auf dem Weg. Sagst Du Robert Bescheid? «

Er beendete das Gespräch, bevor Thekla etwas sagen konnte. Seitdem sie zur Dienstgruppenleiterin, eines der drei Teams der Siegburger Abteilung "Kapitalverbrechen", ernannt wurde, erwartete man von Thekla, nun auch selber administrative Arbeit in ihrem Verantwortungsbereich, zu übernehmen.

Sie überlegte nicht lange, nahm ihre Jacke vom Haken, schloss die Terrassentüre, nahm ihre Dienstwaffe, ihre Handtasche und eilte zu ihrem Twingo. Sie liebte diesen Wagen und fuhr lieber damit als mit dem klobigen Dienstwagen. Als sie einstieg, hatte sie schon das Handy am Ohr und rief Robert an.

»Hallo Schatz«, sagte dieser erfreut, »schön, dass Du Dir Sorgen machst, aber der ADAC war noch nicht da. Wir warten noch«.

»Auch wenn er zwischenzeitlich kommt, Du wartest bitte an der Stelle weiter, nämlich auf mich! Wir haben einen Einsatz. Fred hat mich gerade angerufen. Wir müssen nach Sankt Augustin. Es ist glücklicherweise nicht weit weg von der Stelle, an der Du gerade bist. Also, - bitte warte auf mich«.

Thekla legte auf, startete den Wagen und fuhr über die Bundesstraße 56, in Richtung Autobahn.

Lisa Drollig, die neue Kommissar Anwärterin in Thekla's Team, erreichte Bollenkamps Anruf, als sie gerade im "Café Loyal", einem veganen Café, schräg gegenüber des Siegburger Bahnhofs, ihren zweiten Cappuccino, mit Hafermilch zubereitet, trank. Dazu hatte sie eine der köstlichen Nussecken, die der Inhaber und Betreiber dieses gemütlichen Cafés selber herstellte und für die diese vegane Oase bekannt war, verzehrt.

»Oh Gott, wie soll ich denn jetzt so schnell zum Eisatzort kommen? « fragte sie ausgerechnet den Leiter der Mordkommission.

Dieser verdrehte am Telefon die Augen und meinte mit erhobener Stimme: »Nimm ein Taxi, wird Dir nach Vorlage einer Quittung ersetzt«.

Glücklicherweise war am Siegburger Bahnhof ein Taxistand. Drei Minuten später war auch Lisa auf dem Weg nach Sankt Augustin.

*

Als der lindgrüne Twingo mit Thekla und Robert auf den mit Kies versehenen Schlossvorplatz fuhr, sahen sie, dass dieser sehr weiträumig mit rot-weißem Flatterband abgesperrt war, damit die Hochzeitsgäste das Gelände erst nach Aufnahme der Personalien das Gelände verlassen konnten. Peter Ludwig und Sybille Salz, ebenfalls Teammitglieder von Theklas Gruppe, warteten am Eingang auf ihre Chefin. Als sie das Auto verlassen hatten und in Richtung der Kollegen gingen, hielt hinter Thekla ein Taxi und Lisa kam mit einem lauten »Wartet auf mich«, hinterhergelaufen.

»Was ist denn hier los? « fragte Robert, »was wollen denn all diese Menschen hier? «

»Robert, - dafür muss man zu den Oberen der Gesellschaft gehören, dann hat man auf einmal so viele

Freunde. Also ehrlich, - mir wäre das zu viel«.

»Die Kollegen der Schutzpolizei haben bereits ganze Arbeit geleistet. Die Aufnahme der Personalien ist in vollem Gange«, begrüßte Sybille ihre Chefin und den Kollegen.

»Die Kollegen der Spurensicherung sind noch im Saal bei dem Toten. Der Krankenwagen durfte ihn nicht abtransportieren. Wie Du weißt, dürfen sie ja keine Toten mitnehmen. Der Leichenwagen kommt gleich«.

Thekla kam gerade bei dem Leiter der Spusi an, als dieser zu seinen Leuten sagte: »Jungs, - einräumen, hier ist nichts mehr zu tun«.

Thekla schaute ganz erstaunt und sagte »Moment mal, Ihr seid doch auch eben erst gekommen«.

»Dann schau Dich doch mal um. Über einhundert Leute hier im Raum. Die Tische hier um den Toten herum, voll mit halbleeren Gläsern, Flecken, Zigarettenkippen und jede Menge Fingerabdrücken. Wir nehmen die zwei Gläser und das Schüsselchen mit Dessert, die in unmittelbarer Nähe des Toten stehen, mit. Den Inhalt kontrollieren wir. Ansonsten können wir nichts

Verwertbares sichern. Ach so, - meines Erachtens ist der
mit Zyankali, oder ähnlichem, vergiftet worden. Es riecht
so süßlich aus dem Rachen heraus, so nach Bittermandel.
Wenn es also zum Dessert nichts mit Marzipan gab, oder
in der Hochzeitstorte, dann ist meine Vermutung
sicherlich nahe dran. Der Tote muss in die
Gerichtsmedizin, danach gibt es mehr Informationen.

Thekla drehte sich zu ihrem Team um.

»Da kommt eine ganze Menge Arbeit auf uns zu«. Bei
diesen Worten schaute sie in den Kreis der wartenden
Hochzeitsgäste.

Da die Braut nicht vernehmungsfähig war, suchte
Thekla den Wedding Planer. Dieser stand mit seiner
Assistentin etwas abseits und wartete, bis seine
Personalien aufgenommen wurden.


»Guten Tag, Thekla Sommer, ich hörte, Sie haben
diese Veranstaltung geplant? Haben Sie zufällig auch eine
Gästeliste? «.

»Natürlich, nur leider nicht hier, die liegt im Büro. Das
war ein schwieriges Unterfangen, bis diese endgültig

fertig war. Bis drei Tage vor Termin wurden immer noch Leute nachgemeldet oder andere gestrichen. Die Braut war da sehr pingelig. Erst gefiel ihr die Sitzordnung nicht, dann wiederum hatten sich andere geringschätzig über das Ausmaß der Feier geäußert. Sie mussten wieder gestrichen werden, aber so ist das, - wer bezahlt, darf bestimmen. Am Ende waren es einhundertzwanzig Gäste plus das Brautpaar, plus wir beide«.

»Können Sie uns die Liste heute noch zufaxen? «

»Selbstverständlich können wir das. Nur müssen wir erst einmal hier an der Reihe sein«.

Thekla begleitete ihn und seine Assistentin zum Anfang der Reihe Wartender.

»Hallo Kollege, nimm bitte die Beiden als nächstes dran, die müssen uns ermittlungsrelevante Listen zukommen lassen. Es eilt«.

Der Beamte nickte und stellte die Beiden an den Anfang der Reihe.

\*

Am nächsten Morgen warteten die Kollegen aus Thekla's Team bereits im Siegburger Polizeipräsidium an der Frankfurter Straße. Thekla und Robert kamen sieben Minuten später als vereinbart, da Robert beim Bäcker unbedingt noch seine geliebten überbackenen Käsebrötchen wollte, die aber beim Betreten der Bäckerei, auf der Zeithstraße noch im Ofen waren.

»Entschuldigung, - die Ampelschaltungen«, log Thekla, da sie Robert nicht reinreißen wollte.

Als nächstes schlug Thekla vor, dass Peter Ludwig und Sybille Salz die Listen abgleichen sollten, die der Hochzeitsplaner geschickt hatte und die von der Polizeistation Sankt Augustin, an gelisteten Personen der Hochzeitsfeier, angefertigt wurde. Lisa Drollig sollte am Ort der Feierlichkeiten nachhören, wer gestern in der Küche und als Servicepersonal dort war und ob irgendjemand etwas Verdächtiges gesehen habe. Alles, jede noch so kleine Kleinigkeit, solle Lisa aufnehmen und bei der abendlichen Fallbesprechung vortragen. Sie selbst wolle nun zu der Witwe fahren und sich Klarheit über die wirklichen wirtschaftlichen und persönlichen Verhältnisse verschaffen. Vielleicht würden sich bei den nun anlaufenden Ermittlungen viele Anhaltspunkte für mögliche Motive ergeben, aber diese dann zu selektieren und zu gewichten, - dass war ja schließlich die kriminalistische Arbeit der Mordkommission. Bestimmt würde sich auch in diesem Fall ihr "Bauchgefühl" melden und vielleicht in die richtige Richtung leiten.


\*


»Guten Morgen«, sagte Lisa Drollig, als sie gegen elf Uhr die Lobby des Hotels betrat, in dem gestern der Mord geschehen war. »Lisa Drollig, Mordkommission Siegburg, wo geht's denn hier in den Küchenbereich? «

Lisa hielt der Rezeptionistin ihren Dienstausweis entgegen.

»Zur Küche geht´s hier den Flur entlang, geradeaus durch die große Türe«, entgegnete die junge Frau hinter dem Tresen.

»Danke, - ach, - waren sie gestern auch hier im Dienst«

»Nein, ich hatte meinen freien Tag. War ja wohl 'ne mächtige Aufregung hier, wie mir erzählt wurde«

Lisa ging bereits den Flur entlang, als sie sich im Gehen noch umdrehte und zu der jungen Frau zustimmend nickte. Als sie die besagte Türe öffnete, sah Lisa in einen großen, weiß gefliesten und bis fast zur Decke gekachelten Raum. Es waren riesige Gaskochbereiche, deckenhohe Kühl- und Gefrierschränke sowie Arbeitsplatten mit dutzenden von Messern und sonstigen Küchenutensilien vorhanden.

»Na ja«, dachte sie, »ist schon alles größer als in einer normalen Haushaltsküche. Bei den riesigen Töpfen und Pfannen, müssen ja auch die Löffel und Kellen entsprechend größer sein«.

»Hallo, Sie da, hier ist nur Zutritt für Küchenpersonal. Verlassen Sie bitte den Raum und schließen die Türe hinter sich«, rief ein Mann, mittleren Alters, der umringt von drei weiteren Männern, um den Bereich stand, an dem gerade drei Lammkeulen ausgelöst wurden, um sie anschließend für ein Abendbankett, in einem Konvektomaten zu garen.

»Kriminalpolizei, sind Sie der Küchenchef? «, rief Lisa.

»Ja, - Moment bitte, ich komme sofort. Warten Sie aber bitte vor der Türe, - hier ist Hygienebereich«.

Lisa schloss die Türe von außen, brauchte aber nur drei Minuten zu warten und der Maître de Cuisine kam zu ihr.

»Killing, guten Tag, ich habe wenig Zeit, worum geht´s denn. Sicherlich um den gestrigen Vorfall hier im Haus?«

»Ja genau. War ja ziemlich viel los hier, -außer dem Mord, meine ich«, entgegnete Lisa.

»Mord, - ich dachte der Mann hätte vor lauter Aufregung wegen des Festes, einen Herzinfarkt bekommen«.

»Nein, die Gerichtsmedizin hat festgestellt, dass es sich eindeutig um Zyankali handelte. Gab es gestern irgendetwas Besonderes, was Sie oder einer Ihrer Mitarbeiter gesehen hat? «

»Also hören Sie, - wir hatten gestern ein Vier Gang Menü für einhundertzwanzig Gäste. Da hatten wir keine Zeit, uns um Verhaltensweisen unserer Gäste zu kümmern. Wir waren in der Küche mit Vollbesetzung unter Volldampf am Arbeiten«.

»Wer war denn alles hier? «

»Junge Frau, an so einem Tag kann ich niemandem frei geben. Es waren alle vierzehn Leute meiner Crew da, bis auf Bernd Schmidt, der hatte sich krankgemeldet. Er hatte wohl an irgend so einer Bude was gegessen und kam nicht mehr vom Klo runter. So konnte er hier natürlich nichts tun. Na ja, - hier sind ganz strenge Vorschriften und auf die achte ich peinlichst genau«.

»Waren vom Service denn alle da? «

Soweit mir bekannt ist, waren alle zehn Servicekräfte im Einsatz. Sogar von einer Zeitarbeitsfirma hatten wir noch vier Kräfte geordert. Bei der riesigen Anzahl der Hochzeitsgäste war das auch notwendig. Brauchen Sie mich noch? Ich muss wieder rein«.

»Sagen Sie, wer hat ein Auge darauf, wer welches Essen aus der Küche bringt und ist es theoretisch möglich, dass hier in der Küche ...«

»Sprechen Sie es nicht aus! « Der Küchenchef schien richtig zornig zu werden. »Wir sind eines der führenden

Restaurants in Nordrhein-Westfalen. Ich lege meine Hand für jeden meiner Leute ins Feuer. Die haben alle mein bedingungsloses Vertrauen. Jetzt kommen Sie daher und wollen meine Leute verdächtigen? Das Gespräch ist für mich beendet. Ich habe keine Zeit mehr«. Herr Killing öffnete die Türe zur Küche, verschwand darin und schloss die Türe wieder, wohl etwas heftiger als normal, mit einem lauten Knall.

Lisa zuckte zusammen.

»Na«, dachte sie, »der steht aber hinter seinem Personal. Wenn das mal bei uns so wäre oder in sonst einem großen Betrieb«.

Wieder an der Rezeption angekommen, fragte sie nach der Geschäftsführung. Die junge Frau telefonierte eine Weile. Dann sagte sie:

»Wenn Sie dort bitte einen Moment Platz nehmen würden«, sie zeigte auf eine Sitzgruppe, bestehend aus vier, aus Antikleder gefertigten Clubsesseln, »Herr von Lorent kommt gleich zu Ihnen«.

Etwa zehn Minuten vergingen, als ein hochgewachsener Herr, in einem, wie es Lisa vorkam,

Maßanzug und mit polierten Lederschuhen, wahrscheinlich auch nicht billig, zu ihr kam.

»Moritz von Lorent, guten Tag, was kann ich für Sie tun?« Er streckte ihr seine Hand entgegen, als sein nach Moschus und Palisander duftendes Rasierwasser einen Hauch von Noblesse, Lisas Duftsinn für einen Moment benebelte.

»Lisa Drollig, Kriminalpolizei Siegburg, guten Tag Herr von Lorent. Es geht um den Mord, der gestern hier stattfand «.

»Mord? «, erstaunt zog der Mann seine Stirn glatt.

»Ja, Herr Kaarst wurde mit Zyankali vergiftet. Meine Frage ist die, - wieviel Personal haben Sie hier beschäftigt und wer davon hatte gestern Zugang zu den angemieteten Räumlichkeiten, in denen die Feierlichkeiten stattfanden?«

»Also, - ich verstehe nicht ganz? «

»Herr von Lorent, - bitte beantworten Sie meine Frage«.

»Ja natürlich, wir haben sechsundsechzig Leute angestellt, inclusive Gärtner und Hausmeister. Wenn

Räume für Festlichkeiten gebucht werden, hat lediglich das entsprechende Servicepersonal Zutritt dazu. Das ist bei uns im Haus ganz klar per Anweisung geregelt«.

»Gut, dann hätte ich gerne eine Liste der Leute, die gestern dafür in Frage kamen«.

»Na, ich weiß nicht, Sie wissen, wegen Datenschutz«.

»Es geht hier um Mord. Ich kann sofort eine richterliche Verfügung kommen lassen. Es kann sein, dass wir dann möglicherweise eine komplette Hausdurchsuchung wegen des Zyankalis durchführen lassen müssen. Wie Sie vielleicht wissen, ist Zyankali bereits in sehr geringer Menge tödlich und ich weiß nicht, wie der Richter, beim Ausstellen der richterlichen Verfügung, dies mit in Betracht ziehen würde«.

»Warten Sie bitte hier. Ich werde die gewünschte Liste zusammenstellen und ausdrucken lassen«. Herr von Lorent erhob sich und reichte Lisa, mit einem trockenen »Guten Tag«, die Hand, um sich zu verabschieden.

Fünfzehn Minuten später verließ Lisa, mit einer zweiseitigen Liste der Angestellten, die am gestrigen Tage Dienst hatten, das Anwesen.

»Na, - geht doch«, flüsterte sie lächelnd vor sich hin, obwohl sie genau wusste, dass sie niemals einen richterlichen Beschluss bekommen hätte. Dafür bestand gar kein tatsächlicher Tatverdacht.

*

Bisher erschienen in dieser Reihe:

**Mord in Siegburg**

>Die Wasserleiche<

Der erste Fall der Kommissarin Thekla Sommer

---

**Mord in Bornheim**

> Der Spargelkönig<

Der zweite Fall der Kommissarin Thekla Sommer

---

**Mord in Rheinbach**

> Das Burgfräulein<

Der dritte Fall der Kommissarin Thekla Sommer

---

**Mord in Sankt Augustin**

>Fehlerhafte Liebe<

Der vierte Fall der Kommissarin Thekla Sommer

---

**Mord im Bonner "Regierungsviertel"**

> Kollege Weihnachtsmann <

Der fünfte Fall der Kommissarin Thekla Sommer

---

## Mord in Siegburg-Zentrum

> Thekla im Visier <

Der sechste Fall der Kommissarin Thekla Sommer

---

## Mord in Wesseling

> Der Universitätsprofessor <

Der siebte Fall der Kommissarin Thekla Sommer

---

Demnächst erscheint in dieser Reihe:

**Mord im Gewerbegebiet Hennef/Sieg**

>Liebesgeflüster <

Der achte Fall der Kommissarin Thekla Sommer

---

## Über den Autor

Geboren 1958, in der Zeit des Wirtschaftswunders, verbrachte er seine Kindheit, mit zwei Schwestern und zwei Halbbrüdern, in Siegburg und dem ländlichen Windeck. Geprägt von dem idyllischen Umfeld, fühlte er sich in der Stadt nie so recht wohl und er suchte sein soziales Umfeld meist in ländlichen Regionen, wie Rheinbach, Meckenheim, Bornheim oder Herchen/Sieg.

Bereits im jungen Erwachsenenalter fing er an, seine Gedanken schweifen zu lassen und niederzuschreiben. Am Anfang war es mal ein Kinderbuch oder philosophische Zeilen. Als zertifizierter Psychologischer Berater folgte ein psychologisch/spirituelles Werk. Seit einiger Zeit entspringen Krimis (aus dem Rhein-Sieg-Kreis) seinen Gedanken und dem Werk seiner Phantasie. Hier legt er aber besonderen Wert auf umfangreiche, historische Recherche hinsichtlich der Schauplätze seiner Handlungen.